C't'à ton tour,
Laura Cadieux

Michel Tremblay

C't'à ton tour,
Laura Cadieux

Introduction de Manon Gauthier

BIBLIOTHÈQUE QUÉBÉCOISE est une société d'édition administrée conjointement
par les Éditions Fides, les Éditions Hurtubise HMH et Leméac Éditeur, et
qui bénéficie du soutien financier du Conseil des Arts du Canada et de la
Société de développement des entreprises culturelles du Québec (SODEC).

Couverture:
Gianni Caccia

Typographie et montage:
Dürer *et al.* (MONTRÉAL)

Données de catalogage avant publication (Canada)

Tremblay, Michel, 1942-
C't'à ton tour, Laura Cadieux

(coll. Littérature: Bibliothèque québécoise)
Éd. originale: Montréal, Éditions du Jour, 1973.
Publ. à l'origine dans la coll. «Les Romanciers du jour»
Comprend des réf. bibliogr.

ISBN 2-89406-106-4

I. Titre.
II. Collection: Littérature (BQ).

PS8539.R47C8 1997   C843'.54   C97-940490-8
PS9539.R47C8 1997   PQ3919.2.T73C8 1997

DÉPÔT LÉGAL: DEUXIÈME TRIMESTRE 1997
BIBLIOTHÈQUE NATIONALE DU QUÉBEC
© Michel Tremblay, 1973
© Bibliothèque québécoise, 1997, pour cette édition

Les beautés de Laura Cadieux

Laura Cadieux est une grosse femme, une grosse femme en mal d'être. Fille de Josaphat-le-Violon et cousine du merveilleux Édouard, le vendeur de chaussures bien connu du monde de Michel Tremblay, elle nous raconte sa vie dans l'urgence, sans jamais se demander si cela nous intéresse, tout comme le fait une inconnue qui s'adresse à son voisin dans l'autobus. Car il se trouve toujours des gens pour raconter leur vie à tout le monde sans qu'on ne leur ait rien demandé. C'est justement ce que fait Laura Cadieux, elle est là et elle vide son sac, elle a juste besoin de parler, ça lui fait du bien, elle parle d'elle et des autres, mais surtout d'elle à travers les autres.

Depuis dix ans, Laura va chez le «docteur» une fois par semaine pour sa cure d'amaigrissement. Dans la salle d'attente du cabinet de son médecin, avec ses chums de femmes, elle est en terrain connu et se sent d'attaque. Elle dit tout ce qu'elle a sur le cœur et elle frappe fort, elle ne met pas de gants blancs pour lancer à la face du monde ce qu'elle pense de la religion qui a failli lui faire perdre sa fille Madeleine, ce qu'elle pense de la beauté quand elle s'attaque aux «Belles-mais-Épaisses», ce qu'elle pense de l'homosexualité quand elle nous fait part de ses soupçons sur un certain Oscar Blanchette et ce qu'elle pense être la vérité quand elle nous parle des immigrés qui puent, dit-elle, et qui nous volent nos jobs.

Et tout ça se déroule sous nos yeux comme au cinéma, on est là, témoins de cette aventure qui prend place vers la fin des années soixante, et l'on reconnaît avec surprise tous ces personnages qui nous sont familiers. Toutes ces « Madames » Touchette, Brouillette, Therrien, Tardif, Gladu, Bolduc... qui ont un tel poids sous la plume de Michel Tremblay qu'on ne sait plus très bien s'il s'agit de fiction ou de réalité. Laura nous tend un miroir qui reflète une image de notre parenté ou de nos voisins si pleins de grossièretés et de mesquineries que nous n'oserions jamais admettre que c'est bien de nous qu'il s'agit. Et malgré toutes ses contradictions, toutes ses violences, on finit par l'aimer Laura, on sympathise avec elle. On aurait envie de lui dire que tout n'est pas perdu d'avance et que le bonheur existe, un peu...

Michel Tremblay a un fabuleux don de conteur et il mène son lecteur où il veut. Il a donné la parole à Laura Cadieux en 1973, à cette cousine qui venait de Saint-Jérôme, et son propos demeure tout aussi d'actualité. Dès la première lecture de ce roman, faite à voix haute, au début des années 1980, j'ai été transportée, bouleversée. Le récit est sans détour, net, précis et incisif. L'écriture de Tremblay est plus facile à déchiffrer à l'oreille qu'à l'œil et c'est précisément cela qui m'a donné envie de croire que le texte pouvait facilement être porté à la scène.

L'investissement personnel que l'auteur avait fait dans le personnage de Laura, je l'ai fait à mon tour. Son problème de poids me concernait aussi ; pour jouer le personnage sur scène, il fallait donc que je le fasse doublement mien. Très tôt, j'ai reconnu le principe même qui avait conduit l'écriture de ce texte : j'ai ri, mais ce n'était pas drôle...

Après une première mise en scène plus tragique, j'ai voulu donner au jeu scénique une perspective plus équilibrée, en montrant à la fois le côté drolatique et le côté tragique du personnage, me réappropriant le corps et l'espace du texte sur scène. J'ai joué le rôle de Laura Cadieux près de 450 fois, surtout au Québec et en Ontario francophone, mais aussi à Paris, au Centre culturel canadien, au printemps 1986, à Lyon, au théâtre de la Platte, puis au festival d'Évry.

Ici comme ailleurs, le personnage séduit et choque, à coup sûr, fait réfléchir. Il rappelle Iélosubmarine, l'épouse du marchand de poisson dans la bande dessinée *Astérix*, qui dit sa façon de penser à tout le monde, sans prendre de manière. Avec les années, je suis devenue l'amie de Laura Cadieux, sa sensibilité, je l'ai faite mienne, nous ne formons qu'un seul corps sur scène.

Curieusement, les témoignages de compassion que j'ai reçus au sujet de Laura, en majorité de la part des femmes, mais aussi de la part de quelques hommes, ne venaient pas que de personnes obèses. Une adolescente anorexique m'a bouleversée un soir, après le spectacle, en me faisant comprendre qu'elle vivait un problème identique à celui de Laura. Cette Laura qui a un problème avec la nourriture parce qu'elle ne peut plus se voir, l'image d'elle-même lui étant devenue intolérable.

Avant d'être un spectacle, *C't'à ton tour, Laura Cadieux* est un récit brutal, cru, déchirant où le rire frôle le grincement de dents, un récit qu'il faut lire à voix haute, en se laissant porter par le réalisme et le burlesque. C'est un texte où Michel Tremblay nous amène dans l'émotion pure pour ensuite tirer le tapis sous nos pieds et nous faire basculer dans un rire monstrueux qui réussit à désamorcer ce qui nous trouble tant. Cette forme d'auto-dérision que Laura pratique permet aux lecteurs de ne pas s'apercevoir trop rapidement que c'est d'eux *aussi* dont parle l'auteur.

C't'à ton tour, Laura Cadieux est un bijou d'émotion et de drôlerie par lequel Michel Tremblay nous dit que l'ignorance et l'intolérance sont des cancers qui empoisonnent nos vies et minent nos sociétés. C'est un texte que j'adore et qui me chavire encore tout autant même après plusieurs représentations sur scène.

Bonne lecture de *Laura*.

Manon Gauthier,
comédienne

C'T'À TON TOUR, LAURA CADIEUX

« Mais par où commencer mon accusation ? Comment la terminer ? Que mettre en son milieu ? »

Électre (Euripide)

J'ai eu assez honte! J'ai eu assez honte! Déjà que j'me sus-tais fendu le cul en quatre pour descendre par le câlice de tapis roulant! D'habetude, j'marche jusqu'à'station Papineau, juste pour pas être obligée de descendre par là... J'ai peur, c'est pas de ma faute. Quand j'vois c'te grande strappe noire-là descendre sans arrêter comme une grosse langue sale, les shakes me pognent, pis j'viens les jambes toutes molles! Pis descendre par les escaliers... c'est trop long... pis t'as l'air d'une maudite folle... Non, j'aime mieux marcher jusqu'à'station Papineau, pis descendre par l'escalier roulante... Ça, j'ai pas peur de t'ça, c'est faite comme une vraie escalier pis y'a pas de danger. Mais l'autre maudite patente, là... Entékà. Là, j'tais pressée, j'voulais arriver une des premières (j'ai assez d'attendre des trois-quatre heures après lui, même si on a ben du fun des fois, quand chus pognée avec le numéro 16 ou 17, c'est pas drôle), ça fait que j'ai décidé de prendre le métro par Beaudry. J'sais pas qui c'est l'écœurant qui a eu l'idée de poser ça là, c'te tapis-là, mais si j'l'arais d'vant moé, j'y pèterais la yeule en sang, j'pense! Ça a quasiment un mille de long, c't'affaire-là, pis ça branle sans bon sens... On dirait quasiment que c'est monté sus des rouleaux à pâte, viarge! Ça m'a pris un bon bout de temps à me décider... J'me décidais pas... Le p'tit, lui, y s'est tu-suite

garroché dessus, pis y s'est mis à descendre en courant.
J'y ai crié : « Veux-tu pas courir de même ! Veux-tu pas
courir de même ! Mon p'tit tabarnac, si j'te pogne, tu vas
avoir affaire à moé ! Arrête de courir ! Arrête de courir, tu
vas te tuer ! » Y s'est pas arrêté avant d'être rendu au
milieu du tapis, j'pense. J'le voyais déjà pus, moé, j'avais
pas mes barniques… J'les mets jamais, dehors… Juste
dans'maison… Pour r'garder la télévision… J'trouve que
ça me fait pas ben… Pis à part de t'ça, sont laides. J'l'ai
juste entendu crier : « Envoye, moman, aie pas peur ! Aie
pas peur, y'a pas de danger ! Pis c'est le fun ! » Le p'tit
ciboire ! De que c'est que j'avais l'air, moé, hein ? Le gars
des billets me r'gardait en riant. Y s'est penché dans le
trou qu'y'a dans'vitre, pis y m'a dit : « Allez-y, madame,
y'a jamais eu d'accident, vous savez… Vous avez rien
qu'à vous tenir après la rampe… » J'avais pas l'air
épaisse, d'abord ! Je l'ai même pas r'gardé, pis j'ai crié au
p'tit : « Mêle-toé donc de tes maudites affaires, p'tit verrat, m'as te mettre ma main su'a yeule quand on va arriver
en bas, tu vas voir ça, toé ! Attends que j'te pogne ! » Pis
j'ai embarqué. J'sais pas combien de temps ça prend pour
descendre, mais j'ai eu l'impression d'être là-dedans au
moins une demi-heure. Une chance, y'avait parsonne
quand chus t'embarquée. Juste le p'tit, en bas, pis le gars
des billets, en haut. Une chance. J'ai braillé comme une
vache. Ah, pas fort, juste avec les yeux. Si j'arais eu mes
barniques en plus, j's'rais ben morte là… J'voyais rien pis
j'avais peur, imaginez… Le p'tit, y voulait faire un autre
tour, ça fait qu'y'a r'monté par les escaliers. Quand y'a
été rendu à côté de moé, y m'a dit, tout essoufflé : « C'est
le fun, hein ? Attends-moé, là, j'monte, pis j'viens te
r'joindre en courant. » Je l'ai envoyé chier. Pis j'y ai dit
de s'en retourner chez nous, que j'voulais pus l'emmener

avec moé parce qu'y'est pas sortable. J'avais tellement peur! J'avais envie de m'écraser là, comme un tas de marde, pis de mourir! Le métro, c'est pas le parc Belmont, ciboire! Quand j'ai entendu le p'tit r'venir par en arrière, j'avais trop peur pour me r'tourner. J'me sus mis à hurler: «Arrête, arrête, tu vas me j'ter à terre! J'vas tomber! J'vas tomber!» J'tais sûre que j'tais pour tomber en pleine face pis me faire ben mal! J'tais sûre qu'y m'accrocherait sans faire exiprès en passant pis que j'tomberais sur le maudit tapis noir qui sentait le cayoutchouc brûlé. «J'vas tomber!» J'tais pognée à deux mains après la rampe, pis j'avais mal au cœur… Mais c'tait pas le p'tit qui s'en venait… J'pense que c'tait deux des grands câlices d'échevelés qui prennent des «cours d'art dramatique», là, en face d'la station, pis qui se promènent sur la rue Sainte-Catherine en riant de nous autres… Quand y'ont passé à côté de moé, au lieu de m'aider, y m'ont dit: «T'as peur, la grosse? Tu viens d'arriver en ville? T'as jamais vu ça, un tapis roulant?» Les p'tits calvinisses! J'ai pas pu leu'répondre parce que le p'tit s'en venait en courant pour vrai c'te fois-là, pis qu'on était presque rendus en bas… Naturellement, j'ai manqué de me casser la yeule! Comment tu veux arrêter tout d'un coup quand tu débarques d'un affaire qui marche vite de même! J'me sus t'enfargée sur la marche de tôle, là, en bas, pis j'ai manqué de m'écraser à terre. Les deux grands niaiseux ont ben ri. Pis le p'tit avec. «C'est ça, ris de moé, toé aussi!» que j'y ai dit, pis j'y ai sacré une claque en arrière d'la tête. Y s'est mis à brailler, les deux autres ont continué à rire, pis le monde qui venaient de descendre du métro ont passé à côté de nous autres en me r'gardant comme si j'tais un singe en cage. J'ai pris le p'tit par la main pis je l'ai traîné jusqu'à l'escalier pour aller prendre le métro qui va à Atwater. Y tirait par en arrière pis y criait qu'y voulait pus v'nir avec moé. « C'est ça, viens pas ! » Pis je l'ai lâché. Y'est tombé su'l'cul. « Ben bon pour toé ! » J'ai descendu l'escalier, pis j'ai été m'assire pour attendre le métro. Les deux grands slaques, eux autres, y s'en allaient dans l'est, ça fait qu'y'étaient de l'autre bord des traques. Y sont venus se planter juste devant moé pis y se sont assis eux autres aussi. Le p'tit est arrivé. J'ai été obligée de le moucher. Y'était déjà sale pis on était même pas encore partis ! « Assis-toé, que j'y ai dit, pis reste assis ben raide, sans ça m'as te pincer assez fort que tu vas t'être plein de bleus ! » Y'a toujours ben un maudit boute ! J'tremblais encore. J'me sus mouchée, moé avec. Pis là… Les deux écœurants d'en face s'en sont donné à cœur joie… « As-tu vu si est grosse, la grosse torche ? » « Combien vous pesez, m'ame chose ? » « Deux tonnes sans vot'corset ? » « Pis à l'a mis sa mini, à part de t'ça ! » « Le dimanche, à doit mettre ses bermudas fleuris pour aller à'messe. » « On y dit-tu que sa robe était pognée dans la craque de ses fesses, t'à l'heure, sur le tapis roulant ? » J'leu s'ai même pas répond. J'avais assez honte ! J'ai sorti mon compact pis mon rouge à lèvres… Le p'tit, y'a commencé par rire, mais y'a arrêté tout d'un coup, pis y m'a demandé : « Pourquoi qu'y te disent des affaires de même, moman ? » Ça fait que j'y ai crié : « Parce que chus grosse, tabarnac, parce que chus grosse ! »

C'est vrai que chus quasiment plus large que haute, quand chus t'assis, mais c'est pas une raison pour me le crier bord en bord du métro, viarge!

Si j'pouvais donc m'en sacrer! Si j'pouvais donc l'oublier! Si j'pouvais donc péter tou'es maudits miroirs, pis tou'es maudites vitrines du monde, que j's'rais donc heureuse! Si j'pouvais donc pus jamais me voir! Pus jamais me voir, verrat! Mais non. J'peux jamais faire deux pas sans m'aparcevoir dans quequ'vitrine... ou dans quequ'miroir... de plus en plus grosse, de plus en plus... vieille. Les ceuses qui disent que les gros vieillissent moins vite, là, ben y doivent être maigres en câliboire! T'as peut-être moins de rides dans le visage, mais t'as des bosses pis des bourrelets partout su'l'corps, pis des nou-velles varices qui pètent à tou'es'jours, par exemple! Pis t'as les reins qui faiblissent, pis t'as de la misère à te t'nir sur tes deux cannes. T'as beau dire que tu restes jeune de cœur, ton corps te laisse tomber ben vite. Pis à quoi ça sert, voulez-vous ben m'dire, d'avoir un cœur jeune dans un vieux corps... un vieux *gros* corps! Mon rêve, ça s'rait de rester enfarmée chez nous, tu-seule... *tu-seule*, devant la télévision, sans miroirs nulle part dans'maison, pis de manger tant que j'voudrais... Toutes les chips que j'voudrais manger, pis toutes les pinottes que j'voudrais manger, pis toutes les Pepsi que j'voudrais boire! Mais... si j's'rais tu-seule... Si j's'rais tu-seule, j's'rais moins sur les narfs, pis j'arais peut-être moins envie de manger sans arrêter, pis j'engraisserais peut-être pus, aussi. J'engraisse parce que chus pas tu-seule, justement. J'engraisse parce que Pit est là pour me dire que chus grosse, pis que Madeleine est là pour me dire que chus grosse, pis que Raymond est là pour me dire que chus grosse... Plus y me l'disent, plus j'mange! N'importe quoi... n'importe quand... Y'a rien que le p'tit qui me l'dit pas encore... Mais ça s'ra pas long. Quand y va aller à l'école, y va ben finir par s'aparcevoir que les mères sont pas toutes des truies comme moé... Si y me le diraient moins, toute la gang, j'finirais peut-être par m'en sacrer! Ah, pis qu'y me laissent donc manger en paix, c'est tout c'qu'y m'reste dans'vie, ciboire!

J'dis ça, voyez-vous, pis ça fait quasiment dix ans que j'suis un traitement...

Dans le métro, j'ai rencontré madame Therrien. À s'en allait chez le docteur, elle itou. Quand à m'a vue rentrer dans le métro, à m'a crié : « Vous avez besoin de pas prendre vot'numéro avant moé, ma maudite ! » On s'est mis à rire comme deux vraies folles. Quand à rit, elle, j'vous dis qu'on l'entend. Est v'nue s'assire à côté de moé. J'y ai pas conté c'qu'y v'nait d'arriver, j'avais peur qu'à rise de moé. « J'ai pas pu y'aller, la semaine passée, qu'à m'a dit, parce que j'ai eu d'la visite de par chez nous toute la semaine… Y'ont passé six jours… Y'étaient sept ! Y'avait du monde partout dans'maison… Ça couchait partout à terre, jusque dans'cuisine… On t'a eu un de ces times ! Mais j'vous conterai tout ça là-bas, avec les autres… Pis, que c'est qui s'est passé chez le docteur, toujours, la semaine passée ? Madame Gladu est-tu v'nue ? La grosse Lauzon sent-tu toujours aussi fort ? Mon Dieu, c'est vot'p'tit darnier, ça ? Ça pousse, ça, madame, ça pousse ! J'm'en rappelle, quand vous l'attendiez… » On l'entend quand à rit, mais on l'entend aussi quand à parle, elle, pis sus un temps rare, à part de t'ça ! Mais est ben fine. Pis est tellement drôle. J'y ai donné les darnières nouvelles du salon. Y'avait pas grand-chose d'excitant. J'ai juste eu le temps de finir avant qu'on arrive à la station Place des Arts… Quand on est descendues du métro, pis qu'à l'a aperçu toutes les annonces du Saint-Hubert Bar-B-Cue, madame Therrien s'est arrêtée net, pis à s'est mis la main sur le cœur (à me fait assez rire quand à fait l'actrice). «R'tenez-moé, madame Cadieux, qu'à m'a dit, r'tenez-moé, sans ça, m'as me garrocher sus l'annonce pis m'as la dévorer!» Me v'là partie à rire... Pus capable de m'arrêter... Elle, la folle, à continuait: «Moé, ces annonces-là y me donnent assez le goût de manger du poulet, là, que j'trouve qu'y sentent!» Pis, la niaiseuse, est allée se coller le nez sur une annonce, juste à la hauteur du wési-wéseau du poulet, naturellement... Quand à l'a dit: «C'est cette saveur que je cherchais!» j'ai quasiment pissé dans mes culottes. Maudite folle! À s'est assis à côté de moé pis on a ri pendant cinq bonnes menutes, j'pense. Pis, tout d'un coup, j'me sus rendu compte qu'on avait oublié le p'tit dans le métro!

Moé, quand les shakes me pognent, y'a rien pour me r'tenir… Chus v'nue blanche comme un drap, pis j'me sus mis à trembler comme une feuille. Madame Therrien a sorti sa bouteille de parfum, pis à m'a arrosée… «C'est pas grave, qu'à me disait, c'est pas grave, y'a dû penser à descendre à'station McGill… Y'a ben du monde, là, pis ben des polices, c'est Eaton… Restez icitte, là, vous, pis j'vas prendre le prochain métro, y s'en vient, justement, pis j'vas aller le charcher. Restez icitte, pis attendez qu'on revienne par l'aut'bord… Énarvez-vous pas pour rien, ça se perd pas comme ça, un enfant!» J'tais même pas capable de réagir. Est montée dans le métro. «Je l'savais, que j'me disais, j'arais jamais dû l'emmener avec moé, c't'enfant-là, y va me rendre folle! Y va toute r'virer le salon du docteur à l'envers (si on le r'trouve), pis y va t'être tannant comme sept!» Juste comme madame Therrien embarquait dans l'métro, le p'tit sortait de l'autre qui s'en v'nait en sens contraire, un grand sourire aux lèvres. Y m'a crié de l'aut'bord: «C't'un tour! J't'ai eue, hein?» Imaginez! Six ans! C'est ben beau d'avoir des enfants éveillés, mais j'ai jamais demandé au bon Dieu de m'envoyer des monstres! Un tour! Y'arait pu se faire enlever! Se faire écraser! Se faire tuer! «Monte en haut, p'tit tabarnac, que j'y ai répond, monte en haut

tu-suite, pis attends-moé, m'as t'en jouer un tour, moé...
M'as te sacrer la plus belle volée de ta vie, mon p'tit
calvaire...» Y s'est mis à courir, ça fait que j'ai été obligée de me dépêcher pour le rattraper en haut des marches,
avant qu'y sorte d'la station pis qu'y disparaisse encore
une fois. Place des Arts, pas Place des Arts, j'me sus pas
gênée... J'y ai sacré deux-trois claques en arrière d'la
tête... «T'aimes ça te faire battre, hein, ben tu vas en
avoir pour ton argent!» Y hurlait comme un pardu, ça fait
que j'y ai dit que si y continuait de même, j'farmerais la
télévision, chez le docteur, pis qu'y pourrait pas voir
Patof... Ça fait qu'y s'est farmé la yeule ben raide.
R'marquez que j'l'arais pas faite. J'manquerais pas Patof
pour tout l'or du monde... J'ai mouché le p'tit encore une
fois. J'me sus mouchée encore une fois, moé aussi, pis
on est sortis d'la maudite station. Justement, y'avait une
80 qui s'en v'nait, ça fait qu'on s'est dépêchés pour la
prendre.

Avez-vous déjà tombé sus un épais de chauffeur d'étebus qui veut pas croire que vot'p'tit gars va pas encore à l'école, pis qui veut absolument le faire payer? Moé, j'les tuerais, dans c'temps-là! J'me sus quasiment battue, oui, oui, oui, j'me sus quasiment battue avec c'te gros plein de marde-là pour faire passer le p'tit... Okay, le p'tit y'a ses six ans, mais y'est v'nu au monde au mois de juin, y vient juste des avoir, ses six ans, pis y va pas encore à l'école. C'est pas de ma faute, y'ont pas voulu le prendre, l'année passée! J'me sacre ben des règlements d'la ville, moé! C't'enfant-là va pas encore à l'école, pis y payera pas dans les étebus tant qu'y'ira pas à l'école, c'est toute! Le maudit gros niaiseux, là, y m'accusait d'avoir pardu le transfert du p'tit, pis de pas vouloir le faire payer une deuxième fois. «C'est pas une deuxième fois que j'veux pas qu'y paye, que j'y ai répond, c'est une première fois! Y'a pas payé au métro Beaudry, j'vois pas pour que c'est faire qu'y payerait icitte! Aïe, écoutez donc, vous, là, c'est quoi vot'nom, pis vot'numéro? J'vas faire un rapport!» D'habetude, ça marche quand tu parles de rapport, mais lui, c'tait un zélé. Un vrai zélé avec des zailes. C'est pas dans les étebus qu'y'arait dû embarquer, câliboire, c'est dans la police! Pis j'me sus pas gênée pour y dire. «La commission de Transports f'ra pas faillite pour dix cennes, bonyeu!» Y voulait rien savoir. L'étebus était stâlée au coin d'la rue, pis le chauffeur voulait pas partir tant que j'arais pas payé... Une chance, le monde ont pris pour moé... Les ceuses qui parlaient français, entékà, parce que la plupart, c'taient toute une gang d'émigrés qui baragouinaient tu-sortes d'affaires dans tu-sortes de langues... Y'en avait qu'y'avaient l'air de m'haïr parce que j'les r'tardais. Moé aussi j'les haïs, mais pour d'autres raisons... entéka. Y'a un vieux monsieur qui a fini par v'nir parler au chauffeur, toujours, en y disant que *lui* y f'rait un rapport si y nous laissait pas passer, le p'tit pis moé. Y'a montré une carte au gros, pis le gros a farmé la porte en arrière de moé, pis y'est parti comme une balle de gin. J'ai failli m'effouerrer à terre. Y'avait l'air en beau calvaire, le gros! «Si t'es pas capable de dépenser dix cennes, reste donc chez vous, grosse torche!» Si l'étebus arait été arrêtée, j'y arais arraché les deux yeux, j'pense. J'ai été m'assire au fond, y'avait pas de place ailleurs. Tout le monde me regardaient. Le p'tit, lui, y s'était écrasé dans le coin de l'étebus, pis y r'gardait par le châssis. Y'a pas dit un mot jusqu'au boulevard Saint-Joseph. On arait dit... J'sais pas, mais on arait dit qu'y'avait honte...

Moé, y'a rien que j'haïs comme prendre l'étebus 80. J'pourrais prendre un autre chemin pour aller chez le docteur, mais j's'rais obligée de transferrer deux fois. J'l'ai faite, une fois, pis c'tait assez long... Papineau jusqu'à Saint-Joseph; Saint-Joseph jusqu'à'station Laurier, pis là la 51 jusqu'à Park Avenue. C'est ben que trop long. Pis t'attends toujours une demi-heure, à Saint-Joseph... Ça fait que j'prends la 80 pareil. Aïe, ça pue dans ces maudites étebus-là, c'est pas croyable! Ça pis la 55 Saint-Laurent, là, c'est pas un cadeau! Si y'avaient pas de savon pour se laver dans leurs pays, c'te monde-là, ben nous autres on n'a, du savon, pis y coûte pas cher, ça fait qu'y devraient apprendre à s'en sarvir! J'pense que tu leur montrerais une barre de savon, à ces Grecs-là, pis à ces Polonais-là, pis à ces Italiens-là, pis y penseraient que c't'un gros bonbon, viarge! Surtout l'hiver. Maudit que ça pue! Là, c'est l'été pis les châssis sont ouverts, c'est pas pire, mais quand toute est farmé, là l'hiver... Moé, j'me mets du parfum Avon avant de partir de chez nous pis j'garde mes mains dans ma face tout le long, c'est pas des farces! Y lavent même pas leu'linge, j'pense! Pit, lui, y les haï assez, là, qu'y dit que c'est là qu'on devrait mettre des bombes. Raymond, lui, y dit qu'y faut les laisser tranquilles... Sont loin de chez eux, pis peut-être qu'y

31

s'ennuient. Ben ç'tait de rester chez eux, c'est toute! On y va-tu, chez eux, nous autres? Si y'ont même pas d'argent pour s'acheter une barre de savon, comment c'qu'y'ont fait pour travarser jusqu'icitte, hein? Pis essayez pas de leu'faire parler le français, Ah, non, monsieur, ça continue à parler leu'langue! Y faudrait que t'apprennes leu'langue dans ton propre pays, avec eux-autres! Ça parle leu'langue, ça continue à s'habiller comme chez eux, pis ça vit comme chez eux! Ça apprend quequ'mots d'anglais pour licher le cul des ceuses qui mènent, mais c'est toute. Que c'est que c'est v'nu faire icitte, ça, mystère. Ça vient prendre nos jobs, par exemple, ah, ça, ben sûr! Pit, y travaille dans'voirie ça fait qu'y sait de quoi c'qu'y parle! Y paraît que c'est prête à travailler pour moins cher, pis que les Italiens, pis les Polonais, surtout, c'est tellement forts, que c'est pas tuables! Pit a déjà failli pardre sa job à cause d'eux-autres! Ah, oui, c'est vrai! Y travaillait pas assez fort! Imaginez! Y'arrive à'maison à moitié mort à tou'es soirs, pis c'est pas assez pour ses boss! Y'en a même un, de ses boss, à Pit, qui est Italien, c'est pas des maudites farces! Quand tu viens au monde dans un pays, reste-s'y donc, verrat! Me voyez-vous, moé, pognée à travailler en Italie? Que c'est que j'frais, hein? J's'rais obligée d'apprendre leu'maudite langue, j'suppose! Ben, jamais d'la vie! Une folle! Jamais! Jamais dans cent ans! Entéka…

En débarquant de l'étebus, le p'tit m'a demandé : «Pis, la femme comique qui était avec nous autres, dans le métro, ousqu'à l'est, donc ?» Verrat !

Une chance, chus t'arrivée une des premières... Y'en avait juste cinq en avant de moé... J'ai pris le numéro six pour moé, pis le sept pour madame Therrien. Franchement, j'y devais ben ça. C'est le docteur qui a décidé ça, de mettre ces numéros-là, l'année passée. Avant, ça avait pas de bon sens... On se rappelait pas toujours qui c'est qui était en avant de nous autres, pis ça finissait toujours par une bataille à pus finir... J'me sus faite voler ma place assez souvent... Ça fait que le docteur a acheté un set de numéros pareil comme dans les pâtisseries, là, des gros cartrons en plastique avec des numéros peinturés dessus. 1 à 50. Comme ça, on prend not'numéro quand on arrive, pis on passe à not'tour. Premières arrivées, premières servies. Les premiers temps, par exemple, j'tais toujours pognée avec un gros numéro, mais là j'me rends plus de bonne heure, pis j'passe plus vite. Y'en a qui étaient arrivées de bonne heure, une fois, aussi, pis qui avaient gardé leurs petits numéros, mais on s'en est aperçues tusuite, pis on l'a dit au docteur... Le docteur arrive jamais avant trois heures et demie, quatre heures, après ses visites à l'hôpital. Mais la femme de ménage ouvre la porte à midi juste. Ça fait que si t'arrives entre midi pis midi et demie, t'es t'à peu près sûre de passer entre trois heures et demie pis quatre heures et demie. Sans ça, ça peut te m'ner jusqu'à des six-sept heures, pis même plus ! Chus déjà sortie de là à dix heures du soir, moé, une fois, calvinisse ! Faut dire que le docteur avait été appelé pour un accouchement pis qu'y'avait été parti deux bonnes heures, là-dessus... Ça te fait une maudite journée plate ! Passer l'après-midi là, c'est pas ben ben grave. On se fait du fun entre nous autres, mais jusqu'à des dix heures du soir... J'avais été obligée de téléphoner à Pit pour y dire de faire le souper, c'te fois-là. Quand j'tais r'venue, j'avais été obligée de toute r'commencer un autre souper parce que c'que Pit avait faite était pas mangeable... Maudite journée de cul, j'm'en rappellerai toujours ! Ça fait un bon bout de temps, de ça, par exemple... J'attendais le p'tit, dans ce temps-là, j'pense... Mais là, avec le numéro six, c'tait pas pire. J'ai dit bonjour à madame Touchette, pis à m'a juste faite un p'tit signe de tête, comme d'habetude. À l'arrive toujours la première, elle. Toujours. À va chez le docteur deux fois par semaine depuis dix-sept ans. À l'arrive toujours à midi moins cinq, à s'installe dans le meilleur fauteuil quand la femme de ménage vient y'ouvrir, pis à reste là sans broncher jusqu'à ce que le docteur arrive. À se lève juste pour aller aux toilettes. À parle jamais à parsonne. Pas un mot. À r'garde la télévision, pis à rit pas quand c'est drôle, pis à braille pas quand c'est triste, rien. On n'a jamais réussi à savoir c'qu'à l'a pour v'nir chez le docteur deux fois par se-maine depuis dix-sept ans. (Moé, je l'ai même demandé au docteur, une fois, mais y m'a dit de me mêler de mes affaires.) On a su son nom par la femme de ménage, c'est pas des funs ! Tiens, ça me fait penser qu'on le sait pas, son nom, à elle, la femme de ménage... Faudrait que j'y demande. C'tu bête, j'y ai jamais pensé. Aussitôt que le docteur arrive, madame Touchette se garroche dans son bureau. À reste là dix-quinze menutes, pis à s'en va sans dire bonjour à parsonne. Est toujours, toujours là. Que j'y alle le mercredi oubedonc le vendredi, chus sûre d'la voir dans le coin du salon, dans son fauteuil, raide comme un barreau de chaise. À l'a jamais manqué. À l'a jamais été malade, rien. Un temps, on a pensé que c'tait la femme du docteur qui s'tenait là pour nous espionner, mais on s'est vite dit que la femme du docteur devait avoir ben d'autre chose à faire que de passer ses après-midis dans la salle d'attente de son mari. De toute façon, ça, c'tait une idée d'la grosse Lauzon. Est assez folle, elle, à voit des espions partout. Entéka... Y'avait madame Touchette, toujours, pis madame Brouillette qui était encore après lire un comique de monstres, pis qui m'a lâché un gros «Salut madame Cadieux, v'nez vous assire icitte que j'vous conte les dernières aventures de Frankenstein!» À sait que j'haïs ben ça, ces histoires-là, pis à fait toujours exiprès pour me montrer le portrait de quequ'vampire oubedonc de quequ'monstre... Elle, à trouve ça ben drôle, ces affaires-là. Plus y'a du sang, plus à rit. À m'a déjà montré des images laides à faire donner mal au cœur à un cochon, verrat! Mais est ben fine. Pis est pas mal forte au cinq cents, la maudite... À m'a dit qu'était juste en avant de moé. Cinq. Madame Gladu, elle, était toute excitée d'avoir décroché le numéro deux. «Mes sautadites, vous autres, j'vous l'avais ben dit, la s'maine passée, que j'arriverais avant vous autres!» À s'est r'tournée vers madame Touchette, pis à l'a ajouté: «Mais j'me s'rais pas permis d'arriver avant la reine-mére, par exemple!» On a toutes pouffé de rire, pis j'me sus t'assis à côté d'elle en disant au p'tit qu'y pouvait aller jouer dehors, un peu. Mais pas trop longtemps, parce que c'est dangereux, sur le boulevard Saint-Joseph. Y'est parti en courant. Les deux autres femmes qu'y'avait là, j'les connaissais pas. J'ai faite signe à madame Gladu en voulant dire : «Qui c'est ça?» À m'a dit que ç'a'vait l'air des émigrées. «Ben oui, que j'y ai répond, j'le vois ben que c'est des émigrées, sont habillées comme des gipsys, pis y'ont l'air de sortir d'une vue française, mais quelle sorte que c'est?» «Des Grecques, j'pense. En tout cas, c'est pas des Italiennes. Ça sonne pas comme de l'italien.» Entéka, moé, j'm'ai dit à moé qu'y pouvaient peut-être pas lire des chiffres en français, pis que j'pourrais peut-être me faufiler avant eux autres… J'ai r'marqué que madame Gladu était plus pâle que d'habetude, en la r'gardant. Mais j'y ai pas dit. J'pense que c'est pas mal grave, c'qu'à l'a, mais à n'en parle jamais. Des fois, à nous arrive pleine de boutons dans'face, pis rouge comme une pizza all dress, pis des fois est blanche comme une morte. Là, j'me sus t'installée à mon aise… Depuis le temps que j'vas là, chus comme chez nous. J'ai ôté mes suyers, j'les ai mis en dessours de ma chaise, pis j'me sus frotté les pieds, ça me fait toujours du bien. J'ai demandé à madame Gladu de garder ma sacoche, pis j'ai été pisser. Pour moé y'avait une Grecque qui avait passé avant moé, parce que le siége des toilettes était plein de pissat. Mais j'me sus dit que ça pouvait être madame Touchette, aussi, parce qu'à va toujours aux toilettes quand à l'arrive, pis à reste quasiment vingt menutes, des fois. Quand chus r'venue dans le salon, la ricaneuse v'nait d'arriver. Ça, c'est Lucille Bolduc, une fille que j'ai été à l'école avec, que j'ai pas revue pendant des années, pis que j'ai retrouvée chez le docteur, y'a cinq ou six ans. Folle comme d'la marde! À passe son temps à rire. À trouve toute drôle. Pis est laide! À fait du Noxema, à sait très bien qu'à guérira jamais, mais à l'a décidé de ben prendre ça, j'pense… Pis à continue à v'nir chez le docteur pareil. Comme les autres... Quand à m'a vue arriver dans le salon, à s'est mis à rire comme une maudite folle, pis à riait tellement fort qu'y'a une des Grecques qui y'a dit quequ'chose en grec. « Ah, ben toé, tu viendras pas m'empêcher de rire icitte après-midi ! » qu'à y'a répond en français en prenant un accent terrible. Les Grecques se sont regardées. « La vie est assez plate pis triste de même, laisse-moé rire tranquille ! » À s'est assis entre moé pis madame Brouillette qui était encore plongée dans le sang jusqu'au cou. À m'a dit : « Quand j'ai vu tes suyers pis ta sacoche, pis que t'étais pas dedans, j'me sus dit que tu t'étais peut-être déguisée en femme de l'homme invisible, moé ! Aïe, madame Brouillette, vous trouvez pas que Laura à f'rait une bonne femme pour l'homme invisible ? » Ça fait que madame Brouillette a répond, sans y penser : « J'le sais pas, j'l'ai jamais vu, lui. » On est parties à rire comme des maudites folles, Lucille, madame Gladu pis moé, pis même j'pense que j'ai vu madame Touchette sourire, mais chus pas sûre. La Brouillette, elle, à l'a levé le nez de son comique pis à l'a dit : « Ben quoi ? » Ça fait qu'on y'a expliqué c'qu'à v'nait de dire, mais un coup expliqué, c'tait moins drôle ça fait qu'à nous a traitées de niaiseuses. Mais j'pense qu'en plus, à l'avait pas compris. Là, la ricaneuse a sorti son tricot. À tricote ben en cibole, Lucille ! Pis vite ! À vous fait des p'tites pattes en laine pour les bebés en cinq-six menutes... Pis à les redéfait. Pis à recommence... On l'achalle ben avec ça, parce qu'est pas mariée. Une fois, à nous avait répond : « Si j's'rais mariée, pensez-vous que j'tricoterais des p'tites pattes de bebés ? Une folle ! J'tricoterais des capotes en laine pour mon mari ! » On avait tellement ri, c'te fois-là, que le docteur avait été obligé de sortir de son bureau pour nous dire de nous taire. Surtout que quand à fait ses farces plates, Lucille, à prend des airs, à fait des grimaces, pis est tellement laide! C'est pas possible de pas rire! Elle pis la Therrien ensemble, quand y s'y mettent, là, c'est quequ'chose à voir! J'sais pas comment la grande Touchette fait pour pas rire... Pis après toute, est peut-être sourde. Aïe, j'avais jamais pensé à ça! Ça, ça s'rait drôle, par exemple... Ah, oui! Une sourde et muette! Ça, ça s'rait drôle! Avoir fréquenté une sourde et muette pendant des années sans le savoir! Entéka, j'me sus dit que l'après-midi s'annonçait ben en m'essuyant les yeux parce que j'avais trop ri. La Brouillette avait fini son comique, pis à l'a recommencé. Madame Gladu y a demandé: «Vous allez finir par faire des cauchemars, à force de lire des affaires de même, vous!» Ça fait que la Brouillette y a répond, ben raide: «Les cauchemars, madame Gladu, j'les fais quand j'vous r'garde!» Y'a eu comme qui dirait un moment de silence. Pis madame Gladu a dit: «Vous êtes pas fâchée à cause de t'à l'heure, toujours, madame Brouillette? Quand même qu'on f'rait quequ'p'tites farces plates sur l'homme invisible, mon Dieu Seigneur, y'en mourra pas, le pauvre!» «Ben non, ben non, chus pas fâchée, a dit madame Brouillette, chus juste sur les narfs, ces temps-cittes... S'cusez-moé...» Lucille pis moé on s'est regardées en fronçant les sourcils. Encore son mari, j'suppose... Mais on y'a pas posé de questions parce qu'on savait que la r'gardeuse de monstres finirait par toute nous conter... Faut dire qu'à l'a un écœurant de mari, pauv'elle! D'un coup, la porte d'en avant s'est ouvarte pis j'ai pensé que c'tait le p'tit qui r'venait déjà. «R'tourne jouer dehors, p'tit verrat, que j'y ai crié, laisse le grand monde parler tranquille! Envoye, va jouer dans le trafic, un peu, là...» Pis y'a deux religieuses qui ont faite leur apparition dans'porte!

40

Là, là c'est bien simple, j'pense que chus v'nue bleu pourdre ! La Brouillette s'est plongé le nez dans ses monstres, Lucille dans son tricot, la Gladu a sorti un Kleenex, pis moé, chus restée toute écartillée sans rien dire. Les deux sœurs nous ont regardées comme si on avait la lèpre, pis y'ont fini par aller s'assire dans le p'tit salon, à côté, là ousque parsonne de nous autres va jamais parce qu'y'a pas de télévision, pis qu'on peut pas rentrer plus que quatre ou cinq. Nous autres, on aime ça rester en gang, ça fait qu'on s'arrange toujours pour envoyer les ceuses qu'y font pas notre affaire dans le p'tit salon. Madame Lauzon est effrayante avec ça, elle. C'est juste si à dit pas aux nouveaux qu'à veut pas les voir ! Toujours ben que les deux sœurs ont disparu pis qu'on a éclaté toutes les quatre comme des maudites folles qu'on est. Lucille s'est mouchée dans son tricot, la Brouillette fessait à grands coups de comique sur la chaise d'à côté, la Gladu se tamponnait les yeux avec son Kleenex… Moé, je cilais, parce que j'voulais pas que les sœurs nous entendent… Hé, qu'on a ri ! Entre deux larmes, madame Gladu m'a dit : « On envoye-tu les deux Grecques rejoindre les deux sœurs ? Ça vaudrait la peine, pensez donc, deux âmes à sauver… » Madame Brouillette s'est levée en courant : « Arrêtez, arrêtez, j'vas faire dans mes culottes ! » Est rentrée dans les toilettes, pis on l'entendait encore rire à travers la porte, ça fait que Lucille y'a crié : « Aïe, madame Brouillette, j'sais pas c'que vous faites là, mais on vous entend jusqu'icitte ! » Des vraies enfants d'école ! Mais on a tellement de fun. Les deux Grecques, qui avaient l'air pas mal tannées de nous autres, se sont levées tout d'un coup, pis sont allées s'assire avec les sœurs. Lucille a crié : « Attention, mes sœurs, v'là le yable ! »

Là, la vue commençait, au 10. Ça fait qu'on a regardé les premières images, mais on s'est toutes rendu compte qu'on l'avait toutes vue au moins cent fois, ça fait qu'on s'est remis à jaser. Quand madame Brouillette est sortie des toilettes, à l'a regardé la télévision une seconde et quart, pis à l'a dit : « Ah, oui, c'est la vue ousque Suzanne Signoret pis son chum tusent son mari, pis qu'y peuvent pus coucher ensemble, après, parce qu'y'ont mal au cœur... C'est ben plate ! » J'ai vu madame Touchette y lancer un de ces dirty looks... Est pas sourde.

Madame Brouillette s'est rassis. À l'a pris son comique, à l'a r'gardé quequ's'images, pis à s'est mis à parler. À nous parlait pas plus à l'une qu'à l'autre, j'pense... À parlait... C'est toujours comme ça qu'à fait. À commence toujours sans qu'on s'en attende. «Raymonde va se marier. Ouan... À va se marier. À s'en va. J'pensais pas que ça arriverait vite de même... J'pensais jamais qu'à se pognerait un prospect si vite... J'veux dire... entre nous... c'est ma fille, pis je l'aime ben, mais... est ben laide. Ben c'est ben pour dire, hein, mais à s'est trouvé un gars aussi laid qu'elle pour la marier... Y'ont l'air heureux comme des enfants... Des vrais bebés. Et que j'te minouche par icitte, et que j'te donne un p'tit bec sucré par là... Y doivent s'accrocher les lunettes de temps en temps, mais ça a pas l'air des déranger... C'est drôle, hein, mais j'pensais pas que j'me r'trouverais tu-seule avec lui, un jour. Non. Raymonde était là. Pis j'tais ben sûre qu'à resterait là. C'est commode, une fille laide. Mais là, à se marie. À s'en va. Y s'appelle Claude. Claude, pis Raymonde... C'est correct... Pis j'gage... J'gagerais cent piasses que leurs enfants vont être beaux! Ah, j'y en veux pas. J'y en veux pas. À l'a le droit de faire sa vie comme tout un chacun. J'pensais juste qu'à la finirait avec nous autres, sa vie. Était partie pour ça.

Avant, à me disait toujours: «Moman, j'vas rester avec toé. Tout le temps. J'te laisserai jamais tu-seule avec lui.» Pis là... Rien qu'à y penser... Aïe, rester tu-seule avec lui! Que c'est que j'vas faire! On a déjà d'la misère à en v'nir à boutte à deux! J'pense que j'vas le laisser faire, asteur. Quand y va sortir pour acheter son quarante onces, là, le samedi matin, j'vas m'enfarmer dans ma chambre. Si y veut toute casser, y cassera toute... Raymonde s'ra pus là pour le raisonner. Y'a rien qu'elle qui peut en v'nir à boutte en y parlant. Moé, j'ai toute usé c'que j'avais à y dire depuis longtemps, pis ça fait des années qu'y m'écoute pus. On va rester tu-seuls! Tu-seuls tou'es deux dans c'te grande maison laide-là! Ça va y donner des raisons de plus pour continuer, j'suppose. Ça va y donner des raisons de plus pour pas se lever, le lundi matin, pis commencer à se sentir trop fatiqué pour aller travailler le jeudi soir... J'vas-tu passer le restant de mes jours à le suivre par en arrière en ramassant ses bouteilles vides? D'abord qu'y touchera pas à ma collection de comiques. Si y fallait qu'y fasse ça! Y'en a tellement parlé qu'y pourrait peut-être par finir par mettre le feu dedans, un bon jour... Ah, non... Non! Si y fallait que ça arrive! Pis à part de t'ça, j'sais pas si j'vas pouvoir continuer à v'nir icitte... Si Raymonde est pus là pour le faire souper avant que j'arrive de sus le docteur... Pis v'nir icitte le soir... J't'habituée à v'nir le jour, les mercredis après-midis oubedonc les vendredis après-midis, avec vous autres... J't'habituée à vous autres. Celles du soir, y'ont pas l'air pareilles. J'pourrais pas me faire chum avec. Mais y faut que j'aye mes piqûres! J'viendrai juste recevoir mes piqûres, j'vas d'mander au docteur de me passer vite, pis j'vas m'en aller préparer son souper, après. Si y fallait qu'y revienne de travailler, lui, pis que le souper

soye pas prête ! J'vous dis que ça s'rait pas drôle ! Ah, à
va me manquer, Raymonde… Vous savez pas comment
c'qu'à nous a appris ça ? Au beau milieu d'une vue, à la
télévision. Une comédie ben niaiseuse, mais qui faisait
ben rire mon mari. J'suppose qu'à s'est dit que comme
y'était de bonne humeur, qu'était aussi ben d'en profiter… Moé, j'ai faite semblant de rien. J'ai juste dit : « Ah,
oui ? Quand ça ? Vous vous êtes décidés ben vite. » Mais
on arait dit que la maison avait reviré à l'envers. J'avais
le cœur dans'gorge ! Pis j'ai presque échappé mon comique. Lui, y'a rien dit. Y l'a juste regardée comme pour
dire : « Ça me surprend que quelqu'un veule de toé ! »
Y'avait un drôle de sourire… Ça a pas l'air d'y faire
grand-chose. Mais peut-être qu'y'acte. Ah, c'est pas que
j'l'aime pas, Raymonde, allez pas penser que j'l'aime pas
pis que j'veux juste la garder pour me garder compagnie… » Madame Brouillette s'est arrêtée quelques secondes. On la r'gardait toutes. Lucille avait mis son tricot sus
ses genoux. Madame Brouillette s'est mouchée. On arait
dit qu'à charchait ses mots. « C'est juste que j'm'en attendais pas pis que ça va changer ben des affaires. » Pis à l'a
éclaté en sanglots. On savait pas quoi faire, nous autres…
Si à nous en arait dit plus, on arait peut-être pu trouver
quequ'chose à y dire pour la réconforter… Mais est toujours comme ça, madame Brouillette. À commence toujours à nous conter des affaires, pis à les finit jamais. Est
pas capable, on dirait. À nous en dit jamais assez pour
qu'on soye capables de la consoler. « Excusez-moé,
j'voulais pas vous achaler avec ça… » « Ben voyons donc,
madame Brouillette, vous nous achalez pas pantoute. »
Madame Gladu avait les larmes aux yeux quand à y'a
répond ça. Était encore plus pâle que quand j'tais arrivée,
j'pense. Pis tout d'un coup, dans le p'tit salon d'à côté,

y'a une des deux sœurs qui a éclaté de rire. Madame Brouillette s'est levée pis à s'est garrochée dans la porte du salon : « C'est-tu de moé que vous riez, encore ? » Mais y'ont pas eu l'air de comprendre. J'pense qu'y'avaient même pas entendu c'qu'à nous contait. À l'a dit tout bas : « Excusez-moé, chus pas ben. » Pis est r'venue s'assire. Son comique était tombé à terre. Je l'ai ramassé pour elle. Madame Brouillette, à l'a dit : « Pis en plus, y'en a une des deux qui fume ! Une sœur qui fume ! On aura tout vu ! » Pis à s'est replongée dans son comique de monstres.

Lucille, elle, pour nous faire rire un peu, à l'a chuchoté :
« Vous trouvez pas, vous autres, que depuis qu'y'essayent
de se déguiser en monde, y'ont toutes l'air des femmes
aux femmes, les sœurs ? »

Ça, pour avoir l'air des licheuses de nounes, y'ont l'air des licheuses de nounes, all right! Moé, j'les ai toujours haïes, les sœurs, mais depuis qu'y'ont laissé leurs uniformes, là, ben j'pense que c'est pire! Sont-tu laides! Mais sont-tu assez laides! Avant, on leur en voyait le moins possible, juste le visage, pis c'tait tant mieux... Mais depuis qu'y'ont décidé de se montrer, c'est pas mêlant, y font peur! Quand t'es sœur, t'es sœur, c'est toute! Tu t'habilles en sœur, pis tu vis en sœur! De quoi qu'à l'arait eu l'air, sainte Thérèse de l'Enfant-Jésus, déguisée en butch, voulez-vous ben me dire! Pensez-vous qu'y'en vendraient, des images saintes avec une sœur en jupe maxi tout croche, un imperméable en plastique, pis une cigarette au bec? Pourquoi pas un cigare, toryeu! Pourquoi pas des hot pants, tant qu'à y être! Sont toutes après virer fous, dans la religion, aujourd'hui. Toute la câlice de gang. Y savent pus quoi inventer parce que leurs affaires marchent pus. Y'ont toutes peur de crever de faim, c'est ça qu'y'ont! L'Église moderne, moé, je l'ai dans le cul, si vous voulez le savoir! Voir si l'Église peut se mettre «à'mode»! Quand j'tais p'tite, là, ben y'en a un prêtre qui voulait être à'mode... Ça été un des premiers... C'tait l'aumônier de mon école... Ben y l'ont pogné en train de pogner le cul d'une p'tite fille de quatrième année,

51

bonyeu! C'est ça, l'Église à'mode. Si y'ont des problèmes, qu'y se marisent, c'est toute, moé, ça me dérangerait
pas, mais c'est pas en changeant leu'déguisements pis en
organisant des bingos qu'y vont régler leu'problèmes!
D'abord les sœurs, là, à quoi ça sert de pus porter
leu'capines si y sont pas assez intelligentes pour se faire
friser comme du monde, hein? Y se lichent toutes les
cheveux par en arrière, oubedonc y s'les coupent courts,
courts, courts... c'est pour ça qu'y'ont toutes l'air des
femmes aux femmes! T'es sœur, oubedonc t'es pas sœur,
mais t'es pas entre les deux, ça, c'est pas vrai... Si y'ont
laissé tomber leu'voile parce que ça faisait trop ancien,
qu'y s'habillent comme du monde, bâtard! Y'ont l'air
aussi anciennes avec leu'déguisements d'astheur! Y'ont
toutes des robes laides pareilles, pis des casques laids
pareils, pis des imperméables en plastique laids pareils...
Y'ont rien de changé excepté qu'y font plus dur qu'avant.
Quand j'en vois une dans le métro, moé, j'ai envie d'y
dire, c'est pas ben ben mêlant! Avant, des fois, j'leu'
s'ouvrais la porte quand y v'naient quêter, même si j'les
aimais pas, mais astheur, j'leu'farme ça au nez ben raide,
sont trop déprimantes!

J'avais envie de me lever pis d'aller leur chanter un paquet de bêtises, mais j'me sus dit que ça servirait à rien. Tu peux jamais leur parler, eux autres, y'ont le bon Dieu de leu'bord! Que tu leur dises n'importe quoi, y te sortent toujours le bon Dieu comme réponse. Entéka, si c'est le bon Dieu qui leur s'a suggéré de se déguiser de même, laissez-moé vous dire qu'y'a pas grand'goût pour l'habillement, oubedonc qu'y connaît rien aux femmes! Le bon Dieu d'une main, pis une Player's de l'autre, c'est ça, la nouvelle religion! Pis si tu leu'montres une piasse, comme y'ont rien que deux mains, y vont laisser tomber le bon Dieu pour sauter sus la piasse pis y vont te tourner le dos en tirant une touche...

Une fois… ah, ça fait pas mal longtemps, de ça, Madeleine était r'venue d'une retraite farmée avec un ben drôle d'air… Ben, était en neuvième année, pis est v'nue au monde en 42, ça fait que ça devait être… 42 plus 6, ça fait 48, plus 9, ça fait 57, c'est ça, c'tait en 57… Aïe, maudit que le temps passe vite… J'y pense, là, pis on dirait que ça s'est passé la semaine passée… À mangeait pus, à nous r'gardait pus en face, à nous parlait pus pantoute… Pit, lui, y'a toujours été en admiration devant sa Madeleine, ça fait que ça l'inquiétait ben gros. « Parle s'y, que j'y ai dit un soir, moé, ça sert à rien, à m'écoute pas… » Ça fait qu'après le souper, y demande à Madeleine d'aller avec lui dans le salon. Raymond, lui, y'avait à peu près l'âge du p'tit, dans ce temps-là, pis y s'est mis dans'tête des suivre dans le salon. J'ai quasiment été obligée de l'attacher sus sa chaise de cuisine pour qu'y reste avec moé… Toujours ben que ça faisait pas cinq menutes que Pit pis Madeleine étaient dans le salon, que j'entends Pit se mettre à crier au meurtre comme un damné. J'l'avais jamais entendu sacrer de même. Y'a toute sorti son répertoire, pis même, j'pense qu'y'avait rajouté quequ'sacres qu'y'inventait à mesure… Pis j'vois-tu pas Madeleine traverser le passage en courant pis claquer la porte de sa chambre. Quand Pit est r'venu dans'cuisine, y'était

tellement rouge, qu'y'était quasiment bleu! «Les ciboi-
res, de tabarnacs, d'hosties de saint-chrèmes de chiennes
sales de pisseuses, m'as toutes les tuer, calvaire! Toute la
maudite gang de trous de cuses! M'as leu's'enfoncer la
cornette jusqu'au cou, pis m'as leu's'arracher la tête à
coups de hache, les écœurantes! Aïe, y'en ont profité
pendant qu'y'étaient en retraite farmée pour mettre
dans'tête à Madeleine de faire une sœur, bout de crisse!»
Moé, chus tombée assis sus mon steak, sus la chaise à
côté du poêle. Voyons donc, Madeleine, not'fille, une
sœur! Une belle fille de même! Pit, lui, y continuait:
«Aïe, ça prend-tu des maudites putains sales, profiter
d'une retraite farmée, de même, pour mettre dans tête
d'une p'tite fille que le bon Dieu l'appelle, que le bon
Dieu a de besoin d'elle, que le bon Dieu a besoin de plus
de monde possible pour sauver les âmes des pauvres pé-
cheurs, que le bon Dieu y pardonnera jamais si à vire pas
sœur, que le péché l'attend si à reste vieille fille oubedonc
si à se marie, pis en dehors de la cornette, c'est l'enfer!
Sacrement de torvisse! Vois-tu not'pauv'Madeleine
pognée dans une cornette de pisseuse, toé?» Là, Madeleine a crié de sa chambre: «Farme-toé, popa, farme-toé,
sans ça, j'm'en vas pis tu me r'voieras pus jamais de ta
vie!» Pit a quasiment défoncé la porte d'la cuisine en la
farmant. «Y'auront jamais ma fille, entends-tu, Laura
Cadieux? Jamais! J'la tuerais plutôt que d'la voir rentrer
là-dedans! J'ai pas envie que ma fille, la seule fille que
j'ai, devienne une dégénérée qui se crosse avec la croix de
son chapelet! Ça prend-tu des câlices de vicieuses, tu
penses! Y choisissent! Naturellement y tombent toujours
sur les premières de classe! Les meilleures, pis les plus
belles! Tabarnac! Ça y'apprendra, aussi, à être première
en classe! Avoir su que c'est ça que ça donnerait, j'arais

jamais exigé d'elle qu'à soye dans les trois premières tout le temps ! J'sue pas sang et eau à'journée longue pour que ma fille devienne une putain en robe d'époque, ah, non ! Pis que c'est que son chum va dire, hein ? Que c'est qu'y va dire, son chum ? Penses-tu qu'y va la laisser partir de même ? » J'me sus levée, pis j'me sus rapprochée de Pit. J'y ai dit, tranquillement : « Hier, tu voulais le tuer, son chum, au cas où y toucherait, pis là tu prends pour lui, pis tu veux tuer les sœurs parce qu'eux autres aussi veulent te prendre ta fille... J'vas aller essayer d'y parler, moé aussi... Reste icitte avec le p'tit, toé. Pis arrête de sacrer. Pour une fois, ça pourrait peut-être aider. » Rendue dans le passage, j'tais ben gênée. J'y avais jamais parlé, à Madeleine, pis j'savais pas que c'est y dire. J'me sus décidée à cogner, toujours, pis est v'nue débarrer la porte. « J'peux-tu rentrer ? » C'tait la première fois que j'demandais à ma fille la parmission de rentrer dans sa chambre. Est retournée se coucher dans son lit. « Ben oui, moman, tu peux rentrer, voyons donc... » À l'avait le visage en larmes. J'ai été m'assire à côté d'elle. J'savais pas comment c'est commencer. « C'est-tu sérieux, que j'ai commencé tout bas. C't'affaire de sœur-là, là, c'est-tu vraiment sérieux ? » À m'a pas répond ! Au bout de deux-trois menutes, chus v'nue pour me lever, mais Madeleine m'a pris par la main pis à m'a dit : « Non, reste, moman. J'pas capable de parler, là, mais j'vas te parler, tantôt. Tantôt, j'vas être capable... Reste. J'ai besoin de toé. » On est restées de même une bonne demi-heure, pis Madeleine s'est endormie. À l'avait trop pleuré, j'pense. Chus sortie sur le bout des pieds. J'avais le cœur tout croche. Ça l'a été le plus beau moment de ma vie. Ah, oui. Quand chus t'arrivée dans'cuisine, Pit m'a dit : « Vous avez pas parlé ben ben fort, on entendait rien ! » Ça fait que j'y ai répond comme j'y répond tout le temps : « Ah, pis va donc chier, tu comprendras jamais rien ! » Madeleine a jamais reparlé de faire une sœur. Ça l'a dû y sortir d'la tête aussi vite que ça y'était rentré. Une idée de p'tite fille de quinze ans. Mais des fois j'me d'mande… J'me d'mande… Si moé pis Pit on arait été aux anges quand à l'a dit ça, si on l'arait encouragée, que c'est qui s'rait arrivé… J'aime mieux pas y penser. Aïe, les deux p'tits s'raient pas là, aujourd'hui, mes p'tits enfants qui sont si beaux pis si fins, pis ma fille arait peut-être l'air d'une femme aux femmes avec une robe laide, des cheveux laids… pis les dents jaunes. Chus sûre que ses dents s'raient v'nues jaunes, pis qu'à l'aurait mauvaise haleine ! Pis que les sœurs araient pas voulu y acheter un dentier… Entéka… J'aime mieux pas y penser. Faudrait que j'en reparle, de ça, à Pit, j'pense qu'y trouverait ça ben drôle, aujourd'hui…

Madame Brouillette a levé le nez de son comique, avec un p'tit sourire gêné, pis à nous a dit: «J'arais dû en apporter deux… J'commence à être pas mal tannée de sus-là…» Pis à l'a remis le comique dans sa sacoche.

La porte s'est ouvarte encore une fois, mais là j'ai été prudente, en cas que ça s'rait pas le p'tit, pis j'ai pas crié. Une chance parce que c'était monsieur Blanchette qui arrivait. Oscar Blanchette. C'est de même qu'y s'appelle. C'est pas de sa faute, mais c'est pas une raison. Quand je l'ai aparçu, lui, j'ai tu-suite r'gardé Lucille qui est v'nue rouge comme une tomate. Monsieur Blanchette a dit bonjour à tout le monde, une par une, en nous appelant par nos noms, comme y fait toujours. Y'a juste les sœurs pis les Grecques qu'y connaissait pas, mais y leur s'a dit pareil: «Mes sœurs, et bonjour à vous mesdames!» Les Grecques y'ont répond en grec, pis les sœurs en sœur. J'les voyais pas, les pisseuses, mais rien qu'à les entendre, j'tais sûre qu'y'avaient mis leu'bouches en trou de suce. Pendant qu'y'accrochait son manteau de printemps dans le garde-robe (y'est comme les émigrés, lui, hiver comme été y porte un pardessus; ça doit être pour avoir l'air chic, mais y'a juste l'air d'un maudit cave quand y'arrive, l'été); pendant qu'y'accrochait son manteau, toujours, madame Gladu s'est penchée pis à l'a murmuré à Lucille Bolduc: «V'là vot'prospect, mademoiselle Bolduc, plantez-vous!» En trois secondes Lucille a pardu toutes ses couleurs, pis à l'a dit: «Arrêtez donc, là, vous, d'un coup qu'y vous entendrait...» Monsieur Blanchette, comme

61

par hasard, est v'nu s'assire à côté de Lucille, entre elle pis madame Gladu. Madame Brouillette s'est étouffée de rire en ressortant son comique. Moé, j'faisais semblant d'avoir un chat dans' gorge, pour pas rire, mais Lucille pensait que j'faisais ça, c'te bruit-là, juste pour l'étriver, pis à m'a sacré un coup de pied. Moé, personnellement, le monsieur Blanchette en question, là, ben y m'énarve! Mais chus la seule, parce que toute le reste d'la gang de folles sont pâmées dessus. Premièrement, moé, un homme qui vient voir un génie-coloye une ou deux fois par mois, j'trouve ça ben curieux... Mais y paraît, *y paraît*, ça c'est Lucille qui le dit, qu'y connaît le docteur depuis qu'y sont hauts de même, qu'y'ont été à l'école ensemble pis toute la chibagne... Mais ça, c'est ce qu'à dit elle, pis c'est c'que les autres creyent parce qu'y sont pâmées sus lui... Mais moé j'le soupçonne d'avoir des maladies de femme, c't'homme-là. J'sais pas quelle maladie de femme peut ben avoir un homme, mais si y'en a une, y doit l'avoir, lui, chus sûre! J'le trouve un peu trop fin, un peu trop poli, un peu trop propre, un peu trop tiré à quatre s'épingles, pis un peu trop souriant à mon goût, c'est toute! Ah, j'irais pas jusqu'à dire que c't'une tapette, ça, j'le sais pas, pis j'veux pas le savoir. Mais j'voudrais pas qu'une vieille chum se laisse enfirouaper par un efféminé qui la décevrait un coup marié. D'abord, j'trouve pas qu'y feraient un beau couple, lui pis Lucille, parce que Lucille le dépasse d'une bonne tête. Y'arait l'air d'un p'tit chien à côté d'elle. Quand y sont assis, c'est pas pire, Lucille fait exiprès pour se pencher un peu par en avant pour qu'y soye à sa hauteur, mais une fois, y sont partis en même temps parce que monsieur Blanchette avait attendu Lucille, pis j'vous dis que c'tait pas un cadeau à voir... Avec un caluron su'à'tête, y'arait passé pour son p'tit gars, c'est pas mêlant! Entéka. Quand y s'est assis, y'a posé la maudite question qu'y pose à chaque fois qu'on y voit la fraise: «Et puis, mesdames, quoi de neuf?» Comme si y pouvait y'avoir quequ'chose de neuf dans la salle d'attente d'un docteur! Ça fait toute au moins dix ans qu'on va là, verrat, pis y'a jamais rien de changé! Lucille y'a répond en se tortillant sur sa chaise comme une p'tite fille de dix-huit ans: «Ah, pas grand-chose, monsieur Blanchette, pas grand-chose. C'est toujours pareil, vous savez...» Maudite folle! J'avais envie d'y dire: «As-tu oublié tes quarante-trois ans ben sonnés, ma noire?» Mais j'me sus r'tenue. D'un coup qu'à l'arait dit à monsieur Blanchette qu'à l'a moins que ça, on sait jamais. «Une vraie belle journée, en tout cas», qu'y'a dit, la coqueluche du salon. Comme si on était pas capables de s'en rendre compte tu-seules! J'ai eu envie d'y dire: «Que c'est que tu fais icitte, d'abord! Va donc faire un tour dans le Parc Lafontaine, ça va te faire du bien. Pis à nous autres itou!» Mais j'me sus contentée de dire entre mes dents: «Moé, j'trouve qu'y fait pas mal chaud, pis qu'y'est un peu trop de bonne heure dans la saison pour faire chaud de même.» Ben savez-vous c'qu'y m'a répond, le vieux câlice? J'peux ben pas le porter dans mon cœur! Y m'a dit avec un beau grand sourire plein de dentiers: «Ah, bien, j'comprends, vous, madame Cadieux, avec votre corporence, ça doit pas être facile à supporter, c'te chaleur-là...» Aie! J'pense qu'y'a dû se rendre compte qu'y v'nait de se mettre les pieds dans les plats parce qu'y'a envalé d'une drôle de façon, pis que ça l'a faite un bruit de vieux lévier bouché. Pis de toute façon, y fallait ben qu'y comprenne, parce que Lucille y'a sacré un coup de pied, à lui aussi. «Si tu passes ton après-midi à sacrer des coups de pied de même au monde, toé, tu vas

63

être fatiquée à soir !» que j'ai pensé. J'me sus levée, nu-bas, en disant le plus fort possible pour que tout le monde m'entende : «Bon, ben j'pense que j'vas aller tirer une pisse !»

Y faut toujours que quequ'un finisse par me le dire… toujours! J'peux pas l'oublier une heure ou deux, ah, non, y'a toujours quequ'épais pour v'nir me le rappeler! D'abord, là, le docteur, y dit que c'est pas vraiment d'la graisse que j'fais, c'est de la rétention d'eau, qu'y'appellent… Mon rein droite marche mal, pis mon corps garde l'eau au lieu de la rejeter. Entéka, c'est ça que j'ai compris. Ça fait qu'y faut que j'aye des piqûres pour me faire pisser, pis des pelules pour me faire pisser, pis que j'boive au moins quatre pintes d'eau par jour pour me faire pisser. Ça fait que quand j'suis toute ça, pour pisser, j'pisse sus un vrai temps! À toutes les sept-huit menutes, j'pense. Ben, c'est pas ben ben mêlant, quand je r'garde la télévision, là, ben j'vas pisser presque chaque fois qu'y'a des commerciaux. C'est vrai, là, j'exagère pas! Quand j'leu dis ça, des fois, le monde me creyent pas, mais quand y viennent chez nous pis qu'y me voyent me promener du salon aux toilettes à tout'menute, y'en r'viennent pas. «Comment c'est que vous faites, qu'y me disent, moé j'pisse en me levant le matin, pis en me couchant le soir, pis c't'à peu près toute!» Ben sont ben chanceux les ceuses qui peuvent se permettre de pissser rien que deux fois par jour, croyez-moé… Passer sa vie assis sur une bolle de toilettes, c'est pas toujours drôle, prenez-en ma parole! J'peux pas boire deux gorgées, j'ai envie! J'peux pas rire deux secondes, j'ai envie! J'peux pas avoir un peu frette aux pieds, j'ai envie… Verrat! L'hiver, là, quand j'sors, c't'effrayant! Sitôt que j'ai mis le pied dehors, y faut que j'rentre. Pas moyen d'avoir de fun. En machine, des fois, j'me force pour pas me plaindre, mais cibole, vient un moment donné ousque j'peux pus me r'tenir! De toutes façons, Pit s'en aparçoit toujours quand j'ai envie, en machine, pis y s'arrange toujours pour s'arrêter quequ'part sur le bord du ch'min. «Envoye, la grosse, va tuer quequ'fleurs…» Mais des fleurs j'dois pas en tuer ben gros parce que j'pisse quasiment rien que de l'eau… J'y vas assez souvent que si y fallait que ça seye toujours du vrai pissat, j'finirais ben par empoisonner toute la ville de Montréal! Pis naturellement, j'maigris pas. Ah, des fois, l'été, j'perds quequ'p'tites livres par-ci, par-là, à force de manger des salades qui goûtent rien pis de boire des gallons d'eau à cœur de journée, mais… Voulez-vous m'as vous dire une chose, moé? Y'a toujours une pogne dans ces histoires-là. C'est ben beau les piqûres, les pelules pis l'eau, mais en plus, évidemment, y faudrait que j'suive *un régime*! Oui, monsieur… Faut croire qu'y'a pas de bon Dieu pour les gros, hein… T'as beau toute essayer, tu reviens toujours à la même maudite affaire: le régime! Bâtard! Piqûre pas piqûre, pelule pas pelule, eau pas eau, y faut que tu suives un régime, *en plus*! Y faudrait quasiment que j'passe mes grandes journées assis sur les toilettes, pis que Pit vienne me porter quequ'p'tites branches de céleri de temps en temps, crisse! Chus t'un être humain, moé avec! J'fais c'que j'peux, mais j'arrive à rien, c'est pas de ma faute! J'ai dû v'nir au monde pour être grosse, pis j'suppose que j'vas mourir grosse. J'vas m'être faite dire toute ma vie par tout le monde que chus grosse, j'vas avoir toute essayé c'que j'pouvais pour maigrir, pis j'aurai pas réussi. Quand j'pense à ça, j'ai envie de courir chez Laura Secord m'acheter deux livres de chocolats aux cerises, de toutes les manger, pis d'envoyer tout le monde chier! Mais j'le fais pas, pis en attendant... j'pisse!

Aussitôt que chus sortie des toilettes, madame Touchette s'est levée, pis est allée prendre ma place. « Toujours aussi silencieuse, la mystérieuse madame Touchette ! » a dit monsieur Blanchette. Pis y'a ri tout bas en faisant des hi-hi-hi ben ben longtemps comme si y v'nait de dire quequ'chose de ben drôle. Lucille, elle, à riait par politesse. Madame Gladu pis moé on s'est regardées en levant les yeux au ciel. Y m'énarve, c't'homme-là ! J'ai pensé que j'arais dû attendre à vendredi pour v'nir, j'l'arais pas rencontré, c't'arriéré mental-là ! J'me sus rassis, pis j'ai lâché un gros soupir parce qu'y'avait pus parsonne qui parlait. Juste comme madame Touchette tirait la chaîne, madame Gladu a dit : « Les toilettes étaient cassées, chez nous, un tuyau de pété. On l'a faite réparer. » C'est drôle, hein, des fois, le hasard ? À l'a dit ça exactement en même temps que l'autre tirait la chaîne... Là, pour le fun, j'ai eu envie d'aller m'assire à la place de madame Touchette, juste pour voir c'qu'à f'rait en rentrant dans le salon, mais j'tais trop gênée... Y'a jamais parsonne qui a osé faire ça... Mais ç'arait été drôle, j'pense. Mais ç'arait pris un front de beu. Y m'semble d'y voir l'air... J'sais pas si à l'arait parlé... si à parle. J'ai eu la preuve qu'est pas sourde, mais j'sais toujours pas si à parle. Entéka, j'l'ai pas faite, j'vois pas pourquoi qu'j'en parle. La Touchette est r'venue s'assire, monsieur Blanchette a essayé de lancer quequ'p'tits sujets de conversation mais y'avait rien que Lucille qui y répondait pis à disait n'importe quoi, ça fait que ça commençait à être sérieusement plate. D'habetude on avait ben plus de fun que ça. C'est lui, aussi, qui nous gênait... Moé, j'tais ben game pour faire quequ'farces plates pour rire un peu, mais j'savais que Lucille me lancerait des dirty looks... On dirait qu'à l'a honte de nous autres, des fois, devant lui. Quand y'est pas là, à peut être drôle comme un singe (la fois qu'à nous avait conté comment c'qu'à s'était faite faire la job la première fois, on avait toutes manqué mourir de rire), mais aussitôt qu'y'arrive, lui, à gèle comme un popsickle, pis est pus reconnaissable. Y devraient défendre de laisser rentrer les hommes, sus les docteurs pour les femmes ! Y'ont leurs tavernes, eux autres, ben qu'y nous laissent donc nos salles d'attente ! C'est vrai qu'on rentre dans les tavernes, nous autres, asteur... Entéka. Faut dire que les autres m'aidaient pas ben ben à mettre de l'ambiance : madame Brouillette avait les yeux cloués sur son comique qu'à t'nait d'ailleurs à l'envers, j'pense ; Lucille continuait son tricot en tricotant quatre fois plus vite pour montrer à monsieur Blanchette comment c'qu'était bonne, pis madame Gladu r'gardait dans le beurre. Ça y'arrive pas mal souvent, à madame Gladu, de regarder dans le beurre, de même... J'ai souvent r'marqué ça... Pis c'est drôle... Ça doit être à cause de c'qu'à pense, mais des fois, là, sans broncher, à passe du plus beau blanc au plus beau rouge... Une seconde est blême, blême, blême, pis tout d'un coup, sans même changer d'air, sans même farmer les yeux, rien, à vient rouge brique ! Pis à r'vient pâle... pis à r'commence. Ça doit être à cause de c'qu'à pense certain, mais c'est pas des farces pas être capable de cacher son jeu de même ! Ah, j'dis pas que quand est blême ça veut nécessairement dire qu'à pense à des affaires effrayantes pis que quand est rouge ça veut nécessairement dire qu'à pense à des affaires cochonnes, non, ça doit pas être coupé au couteau comme ça... Après toute, c't'une maladie, qu'à l'a... Mais ça fait rien pareil, j'ai r'marqué que quand une de nous autres conte ses malheurs, là, à vient ben blême, pis que quand on fait des farces un peu crues à vient rouge, ça fait que... Mais ça fait rien, j'la juge pas... Des fois, j'arais envie d'y demander d'essayer de penser à rien, juste pour voir de quelle couleur qu'à viendrait... mais j'oserais jamais y demander ça... Mais quand on joue aux cartes, par exemple, est tuable ! Là, là, moé, chus pas capable. Ça sert à rien de jouer avec elle, bonyeu, quand à l'a des bonnes cartes à vient tellement rouge qu'on dirait qu'à va pèter, pis quand à ramasse des bâtons, on dirait qu'on vient d'y apprendre que sa belle-sœur est morte ! Non, moé, jouer aux cartes avec elle, non. Est ben fine, mais j'aimerais mieux aller jouer dans le trafic avec le p'tit plutôt qu'être sa partenaire aux cartes... J'ai-tu des idées folles, des fois... aller jouer dans le trafic avec le p'tit... maudite niaiseuse... Mais ça passe le temps penser à toutes sortes de foleries de même... Tout d'un coup, pendant que j'étais dans'lune à penser à toutes ces niaiseries-là, y'a une des bonnes sœurs, de l'autre côté du mur, qui a éternué quatre fois de suite. J'ai levé d'à peu près deux pieds sus ma chaise tellement j'ai faite le saut, pis on s'est toutes mis à rire. Madame Brouillette a dit tout bas : « La cigarette y fait pas ! » Monsieur Blanchette a demandé pourquoi c'qu'à disait ça, pis Lucille s'est mis à toute y conter l'histoire de la sœur qui fume, ça fait que j'me sus levée pour aller faire un tour dans le passage avant d'exploser !

Dix ans que j'vas là, hiver comme été, pour répéter les même maudites affaires au docteur, pis me faire répéter les mêmes maudites affaires par le docteur... Je r'çois ma piqûre (j'fais même pus la grimace depuis au moins cinq ans, moé qui pouvais perdre sans connaissance, avant, rien qu'à voir une seringue en peinture), j'donne ma carte d'assurance-maladie, j'dis bonjour aux filles, pis j'm'en r'tourne. Pis je r'viens la semaine d'après... Des fois, j'me dis que j'irai pas, la semaine d'après, que ça sert à rien, que j'maigrirai jamais, que j's'rai toujours une grosse torche, pis que j'f'rais mieux de l'accepter, que j's'rais ben plus heureuse... Pis le mercredi oubedonc le vendredi suivant, j'ai rien à faire, j'ai rien que ça dans'tête, pis j'peux pas m'empêcher d'y aller. J'pense aux filles, j'pense à c'qui peut être arrivé pendant la se-maine... pis à'fin du compte je m'dis qu'une p'tite piqûre me f'ra pas de tort pis que, surtout, ça va me faire du bien de sortir d'la maison, un peu. Première chose que j'sais, chus rendue dans la salle d'attente, avec madame Tou-chette dans son coin qui règne sur le salon, pis les autres qui font les folles pour passer le temps avant de passer au bat. Dix ans que j'me lève de ma chaise quand j'commence à me sentir le fessier engourdi, pis que j'me promène nu-pieds de long en large dans le passage ! J'en ai vu du monde passer là ! Des femmes enceintes, des bebés, des enfants, des adolescentes à lunettes pis pleines de boutons, pis des jeunes mariées qui tombent enceintes... Pis nous autres. Quand j'parle de nous autres, là, j'parle des abonnées, des «éternelles» comme dit souvent la grosse Lauzon. (J'l'appelle «la grosse Lauzon», elle, parce que c'est la seule qui vient icitte qui est plus grosse que moé. Mais elle ça l'a pas de bon sens... Aïe, quasiment trois cents livres ! Là, c'est pus humain... Moé, chus grasse, okay, mais j'ai pas l'air d'une éléphante !) Ouan, les «éternelles», la gang de folles qui savent pas quoi faire de leurs après-midis pis qui s'inventent des maladies pour v'nir se rencontrer icitte... En me promenant dans le passage, j'me disais : «Naturellement, tu parleras pas de ton vartige, tu y'as jamais dit au docteur que t'as toujours le vartige, que t'as jamais voulu rester dans un deuxième parce que ça t'étourdit, pis que, surtout, t'arais peur que le balcon défonce en dessous de toé parce que t'es grosse... Pis tu y parleras pas non plus de la peur que t'as eue t'à l'heure, sur le câlice de tapis roulant... Non, ces affaires-là, tu les diras pas, au cas où ça s'rait des maladies, des vraies maladies, des vraies maladies graves qui peuvent se guérir ! Non, tu vas y dire la même chose que d'habetude... Que t'as triché un peu... (Un peu ? Pis le porc frais avec la graisse de rôti de dimanche, pis les deux œufs avec quasiment une demi-livre de bacon d'à matin, pis le gâteau au chocolat de lundi soir, pendant «Appelez-moé Lise» ?) Que ton rein continue à marcher à cent milles à l'heure, pis que tu continues à prendre tes pilules régulièrement... » Si j'arais pas été nu-pieds, j'pense que j's'rais sortie en courant... Mais le problème, c'est que quand chus déprimée j'm'arrange toujours pour être nu-pieds. Que c'est que tu peux faire dans'vie, nu-pieds, hein ? Entéka...

D'un coup, la porte s'ouvre juste devant moé, pis qui c'est que j'vois rentrer dans le portique, tout essoufflée, en tirant le p'tit par la main qui hurlait comme un démon : madame Therrien ! Pauvre madame Therrien, à l'avait l'air au boutte ! À soufflait comme un engin pis la sueur y coulait dans'face. « Imaginez-vous donc, qu'à me crie en soufflant comme une forge, imaginez-vous donc, madame Cadieux, que j'ai charché vot'p'tit toute la maudite après-midi (à l'exagérait un peu, y'était pas encore trois heures), que j'ai même quasiment mis toute la police de Montréal après lui, pis que j'ai fini par me décider à v'nir jusqu'icitte en taxi, *en taxi*, madame Cadieux, pour vous dire de ne pas trop vous énarver, pis qu'on finirait ben par le r'trouver, c't'enfant-là, pis j'le r'trouve devant la porte, en train de jouer dans'bouette avec des bâtons de pop-sickle ! Mon Dieu que vous deviez donc être énarvée, pauvre madame Cadieux ! Vous pouvez ben vous promener nu-pieds de même au risque d'attraper une numonie… Mais assisez-vous, là, pis prenez sus vous, je l'ai r'trouvé, vot'p'tit gars… Y'était juste icitte, devant la porte, imaginez-vous donc, moé j'en r'viens pas encore, y'était juste là, là, juste en avant d'la porte en train de jouer avec des bâtons de pop-sickle… dans'bouette ! Juste là, là. C'tu fou, rien qu'un peu ! Pendant que moé j'me désâmais pour le r'trouver pis que vous, pauvre madame Cadieux, vous vous rongiez les sangs pour rien! C't'une bonne fessée, qu'y mériterait, c't'enfant-là, madame Cadieux, une bonne fessée sus les fesses! Y'arait pu au moins v'nir vous dire qu'y'était là! Mais j'me demande comment c'est qu'y'a faite pour v'nir jusqu'icitte. Y connaît-tu assez le ch'min pour v'nir tu-seul, vous pensez? Oubedonc, c'est peut-être quequ'un qui est venu le r'conduire… Entéka, tout c'que j'sais c'est que je l'ai r'trouvé juste en avant d'la porte, t'nez, là, là, juste en avant, en train de jouer dans'bouette avec des bâtons de pop-sickle! C'est-tu assez fort pour vous…» Est v'nue pour ajouter quequ'chose, mais était trop énarvée, ça fait qu'à s'est assis sans dire bonjour à parsonne. À s'est mouchée, à s'est essuyé le visage, pis à l'a sorti son compact pis son rouge à lèvres. «J'ai passé l'après-midi à me manger les lèvres, c'est pas des funs!» Ça devait être vrai, parce qu'y y restait pus une graine de rouge à lèvres sur la bouche. Moé, pour le fun, j'ai décidé de rien y dire pour qu'à nous conte son après-midi. «Envoye, va r'plonger dans'bouette, p'tit calvaire!» que j'ai dit au p'tit en y donnant un autre dix cennes pour qu'y'alle s'acheter un autre pop-sickle… Y'est parti comme un éclair, parce qu'y devait s'attendre à recevoir une maudite volée au lieu d'un dix cennes… De toute façon, j'me sus dit qu'y finirait ben par l'avoir, sa volée, à chaque fois que je l'emmène sus le docteur, ça finit toujours en drame, ça fait que… «Mon Dieu, pauvre madame Therrien, que j'ai dit à madame Therrien, contez-moé tout ça… Que c'est que vous avez faite pendant tout ce temps-là pour l'amour du ciel!» Pis j'ai faite signe aux autres d'écouter ça. Madame Brouillette, toujours aussi curieuse, est v'nue pour y poser une question, mais j'y ai faite les gros yeux, pis j'ai donné un coup de menton vers madame Therrien, ça fait qu'à s'est farmée. Madame Therrien nous a toute conté en détails. Moé, j'me r'tenais pour pas éclater de rire, mais j'ai réussi à garder mon sérieux jusqu'au boutte. Y'a rien qu'elle pour se faire des drames à'noirceur de même, ça pas de bons sens…

«J'sais pas par où commencer, y s'est passé tellement d'affaires, que j'sais pas si j'vas toute m'en rappeler... Entéka... Quand j'vous ai laissée dans le métro Place des Arts, madame Cadieux, j'voulais pas vous le dire, mais j'étais ben inquiète... ben ben inquiète... Ah, oui, ben gros... Parce que la p'tite de ma belle-sœur Monique s'est pardue, de même, l'année passée... mais c'tait pas dans le métro, c'était dans une étebus, mais ça fait rien pareil, à s'était pardue... Entéka... À s'était pardue, toujours, pis y l'ont r'trouvée rien que le lendemain... À s'était promenée toute la nuit dans le Parc Lafontaine, la p'tite bonjour... À disait qu'à voulait voir le soleil se lever, ou quequ'chose de même... On avait envie d'la tuer. Faut dire aussi qu'à l'avait quatorze ans, pis que vot'p'tit en a rien que six, mais ça fait rien, c'tait un enfant pardu pareil... Mais j'vous avais toute conté ça, j'pense, quand c'tait arrivé... Entéka... Là, vous comprenez, quand j'ai vu que vot'p'tit gars avait disparu, j'ai tu-suite pensé à Nathalie, c'est le nom de la fille de ma belle-sœur, pis me v'là toute énarvée... Y'arait pu y'arriver... j'sais pas quoi au juste, mais un p'tit garçon de même tu-seul, pardu dans le métro, on rit pus... Avec tous les maniaques sexuels qui courent les rues, on peut jamais être sûrs de nos enfants... Moé, vous comprenez, j'voulais pas vous énarver, pis j'vous ai dit de prendre sus vous, mais j'sais pas si vous le savez, mais moé, j'tais juste ben pus capable de prendre sus moé, laissez-moé vous le dire! Un coup pognée dans le métro, là, j'savais pus de que c'est faire. J'me sus demandé si j'devais débarquer à McGill comme j'vous l'avais dit, oubedonc continuer jusqu'à Atwater, parce que là c'est le bout d'la ligne, pis que tout le monde est obligé de débarquer... Mais j'm'ai dit à moé que le p'tit avait beau être p'tit, qu'y penserait pareil à débarquer à la prochaine... Pis j'tais pas mal sûre aussi qu'y se mettrait à brailler en se r'trouvant tu-seul, pis que que'qu'un le r'marquerait pis l'emmènerait à la police, oubedonc quequ'chose de même, j'sais pas, mais entéka, j'ai décidé de débarquer à McGill, comme j'vous l'avais dit pis de le charcher... Mais y'avait assez de monde dans'station, que j'ai pris peur en débarquant. Vous comprenez, c'est toujours plein, plein de monde, dans c'te station-là, pis on se fait bousculer, c'est effrayant... Tout d'un coup, en r'gardant autour de moé pour voir si y'avait pas un p'tit gars qui pleurait, j'me sus rendue compte que j'savais pas le nom de vot'p'tit! Ah, ben là, me v'là encore deux fois plus sur les narfs, vous comprenez, j'pouvais pas le faire demander au micro, rien, y risquait de pas comprendre si on l'appelait pas par son p'tit nom parce qu'y'est trop p'tit... Un p'tit gars qui se fait appeler au micro par son nom au complet, y comprend, mais allez donc demander «le p'tit gars de madame Cadieux est demandé», y comprendra peut-être pas pantoute! J'veux pas dire qu'y'est pas intelligent, là, vot'p'tit gars, j'veux juste dire qu'y'est p'tit... Ça fait que là, j'me sus mis à crier comme une folle: «Ti-gars! Ti-gars!» J'hurlais comme une vache, dans'station... C'tu fou c'qu'on peut faire des fois quand on est sur les narfs, hein? J'me disais à moé qu'y comprendrait pas si on l'appelait rien que par son nom de famille, pis j'étais là que j'appelais «ti-gars, ti-gars» comme une bonne! Entéka, tout le monde me r'gardaient, pis y devaient toutes me prendre pour une saprée folle... Là, j'me sus mis à pleurer... Imaginez si ça devait être beau de me voir: une folle qui se promène d'un bord à l'autre d'la station McGill en criant «Ti-gars, ti-gars!» à tue tête! Une vraie dinde... D'un coup, j'aperçois une police... J'me garoche dessus... Le gars a faite un de ces steps quand chus t'arrivée à côté de lui... Vous comprenez, y me tournait le dos, ça fait que j'l'ai tiré par la manche... Y'a faite un demi-tour en un quart de seconde, j'pense... Ça fait que j'me mets à y crier par la tête toute mon histoire de long en large, en passant des grands bouttes, pis en mélangeant toute, énarvée comme que j'étais, pis en criant comme une pardue... Au bout de cinq menutes, y'a fini par me répondre en anglais... C'tait un soldat, verrat! «Vous auriez pas pu me le dire avant, que vous étiez pas une police, sacrament de niaiseux!» que j'y ai dit, pis je l'ai planté là. Là, j'ai vue une vraie police qui s'en venait sus moé parce qu'y m'avait entendue crier. Ça fait que j'ai recommencé toute mon histoire au grand complet. Toute à l'envers, encore, naturellement. Y m'a pris pour une folle échappée de Saint-Jean-de-Dieu, j'pense! «Que c'est ça, là, c't'histoire-là, là, vous avez pardu vot'p'tit gars?» «Non, j'ai pardu le p'tit gars de madame Cadieux!» «Vous êtes sa gardienne pis vous l'avez pardu?» «Non, j'tais avec sa mére, pis on l'a pardu ensemble!» «Ben, ousqu'à l'est, sa mére?» «Ben, à le charche, verrat!» «Où c'est qu'à le charche?» «Ben, ousqu'à l'a pardu, c't'affaire, à station Place des Arts!» «Ben, pour que c'est faire que vous le charchez icitte, si vous l'avez pardu là, d'abord?» «Ben, parce qu'y'est resté pogné dans le métro, ça fait dix fois que j'vous l'dis!» «Ben, pourquoi c'qu'à le charche là-bas, si y'est resté pogné dans le métro?» «À le charche pas, à m'attend... Moé, j'le charche, pis elle, à m'attend...» «Mais, vous v'nez de m'dire qu'à le charche...» «Vous êtes donc ben épais, vous, vous comprenez rien quand on vous parle!» Entéka, on s'est crié des bêtises de même pendant un bon cinq menutes, pis là, j'm'ai dit que le p'tit était pardu pour de vrai avec tout le temps que j'pardais à essayer de me faire comprendre par c't'arriéré mental-là. Non, mais voulez-vous ben me dire où c'est qu'y vont les charcher, leu'polices, cibole, pour tomber sur des épais de même? Y'es achètent-tu dans des hôpitaux pour les fous, oubedonc quoi? Ça a pas de saint grand bon sens... Tu leu'parles, là, pis ça te r'garde avec la bouche grande ouvarte... C'est juste si la bave leu'coule pas de chaque côté d'la bouche! La première chose qu'y de-vraient montrer aux ceuses qui vont faire des polices, c'est de farmer leu'bouche de niaiseux quand le monde leu'parle, taboire! Entéka, je l'ai planté-là, lui itou, pis chus partie tu-seule... Quand j'ai eu faite tout le tour d'la station (pis j'vous dis que c'est grand, pis qu'y'en a des escaliers là-dedans), j'ai décidé de rentrer chez Eaton. J'm'ai dit à moé que le p'tit devait connaître ça, c'te magasin-là, avec le Pére Noël pendant le temps des fêtes pis toute, pis qu'y'avait dû rentrer là. Mais essayez donc de trouver un enfant dans un grand magasin de même, vous autres! J'ai commencé par rester dans le sous-basse-ment... J'ai été tu-suite au comptoir à crème à'glace, on sait jamais... Mais la femme à voulait rien savoir. À fai-sait ses cornets avec un air de beu pis à l'avait entendu à peu près six cents enfants brailler depuis le matin, ça fait que... Entéka, pour faire une histoire courte, j'ai faite le tour de deux-trois étages du magasin en courant comme une folle, pis quand j'ai vu qu'y'était pas là, j'm'ai dit à moé que j'arais dû rester dans le métro jusqu'à Atwater… Mais j'ai décidé pareil d'aller voir la police du magasin en me disant à moé qu'y sont peut-être moins épais que les autres polices… Pensez-vous ! Y'ont même pas de vraies polices, dans les grands magasins ! C'est-tu assez fort pour vous autres ! Y'ont rien que des fausses polices déguisées en clientes. Comment voulez-vous les r'trouver ! Allez-vous demander à chaque cliente qui a l'air d'un bandit si est une police, franchement ! J'en ai essayé deux-trois, mais j'ai manqué de me faire casser la yeule… « Excusez-moé, madame, vous seriez pas une police ? » « Comment ça, une police, j'ai-tu si l'air bête que ça ? » « J'ai pas dit que vous aviez l'air bête, j'ai dit que vous aviez l'air d'une police… » « Ça s'rait pas vous, par hasard, la police ? Essayez pas de farfiner avec moé, ça pogne pas ! J'ai rien volé, okay ! J'ai jamais rien volé de ma vie, pis j'commencerai pas aujourd'hui, okay ! » « Mais chus pas une police… » « Vous autres, les polices, tous les moyens sont bons pour pogner le monde même quand sont pas coupables, hein ? Ben laissez-moé vous dire une chose… À votre place, là, j'arais honte, oui madame, J'ARAIS HONTE de courir après le monde de même, pis en plus de me faire payer par les Anglais ! Oui, madame, vous devriez avoir honte de faire c'te métier-là ! Courez donc après les Anglaises avec leurs grandes dents, un peu, des fois, au lieu de toujours vous garrocher sus nous autres de même ! » « J'vous jure que chus pas une police, au contraire, j'charche une police… » « Maudite stool ! » « Chus pas une stool non plus, j'ai juste pardu un p'tit gars… » Là, j'vous dit qu'à l'a r'viré son capot de bord ben vite. « Hein ! Mon Dieu ! Pauv'vous ! Pauv'p'tit

gars ! Pis vous demandez à toutes les clientes si y sont des
polices, au lieu de le charcher ! Mais vous pardez
vot'temps, ma pauvre dame ! De quoi c'qu'y'a l'air,
vot'p'tit ? » « C'est pas mon p'tit à moé… » « C'est le
p'tit de vot'fille ? » « Non. » « C'est le p'tit de vot'garçon,
d'abord ! » « Ben non… » « Ben, c'est le p'tit de qui,
d'abord ? » Aïe, j'aime pas ça faire rire de moé, madame,
okay ! L'avez-vous pardu, c'te p'tit-là oubedonc si vous
l'avez pas pardu ? Aïe, vous seriez pas une police qui fait
semblant qu'à l'a pardu un p'tit gars, pour pogner le
monde par hasard ? Ça s'rait ben le boutte ! V'la rendu
qu'y'engagent des polices-actrices, astheur ! » Entéka, à
chaque fois que j'essayais d'expliquer mon histoire, le
monde pensaient que j'tais folle ! J'ai fini par retontir au
bureau des objets pardus, toujours, mais c'tait pas là
non plus. « Un enfant, c'est pas un objet, madame ! »
C't'agréable de se faire niaiser de même, par exemple !
« J'le sais qu'un enfant c'est pas un objet, saprée folle ! »
« Ah, ben, vous viendrez pas m'insulter dans mon dépar-
tement, vous ! » « Ah, pis allez donc chier, gang d'épais !
Avant de r'mettre les pieds icitte, moé… Un magasin
ousqu'on est obligé de voler un poêle électrique avant de
trouver une police… Mettez-vous les donc dans le cul,
vos objets pardus, cibole ! Pis vos femmes-polices, là, ben
dites-leu'donc de porter une badge, ou quequ'chose, au
moins, pour qu'on les reconnaisse ! » J'tais assez insultée,
que j'en avais oublié le p'tit ! Ça faisait une heure que
j'niaisais, pis j'avais rien trouvé. Ça fait que j'me sus dit
que ça servirait à rien, que si y'avait à mourir, y s'rait déjà
mort, pis chus t'allée manger un sundae au snack bar.
Mais j'jonglais, par exemple… J'me d'mandais comment
c'est vous apprendre ça, madame Cadieux. Pis j'm'ai dit
à moé qu'après toute, c'tait pas à moé, c't'enfant-là, que

j'étais pas son ange gardien, pis que c'était pas à moé de me démener de même… Ça fait que j'ai décidé de m'en venir icitte toute vous conter ça. J'ai pris un taxi pour aller plus vite, pis pour pas être pognée avec le numéro 22… Ça m'a coûté une piasse et quatre-vingt-dix, c'est-tu assez écœurant! Une piasse et quatre-vingt-dix! J'y ai pas laissé une cenne noire de tip! J'débarque du taxi, toujours, pis qui c'est que j'aparçois: le p'tit! Le p'tit qui était après jouer dans'bouette juste en avant du perron! J'pensais que j'avais des hannucinations, c'est pas mêlant! J'en r'venais pas! Y'était juste là, là devant la porte juste devant, pis y jouait dans'bouette comme un bon…

Naturellement, avant même que j'dise à madame Therrien que j'comprenais pas c'qui s'était passé, que j'savais pas que le p'tit était r'venu; avant même que j'y dise merci pour essayer de tenir ça mort, y fallait que madame Gladu ouvre sa grande boîte pâle, pis qu'à dise: «Y'a une affaire que j'comprends pas, moé. Vous dites que vous avez charché le p'tit de madame Cadieux toute l'après-midi, pis pourtant est arrivée avec, t'à l'heure... À le t'nait par la main, quand est arrivée... À y'a donné un dix cennes pour qu'y'aille jouer dehors, pis toute!» Là, là... La Therrien m'a regardé, avec des yeux qui avaient l'air des boules de bowling, pis moé j'ai r'gardé la Gladu en plissant les yeux jusqu'à c'qu'y viennent p'tits comme des p'tits pois numéro un. Si j'arais eu un gun, je l'arais tirée! Pis si madame Therrien arait eu un canon, à m'arait arraché la tête, j'pense. À s'est levée, pis à m'a dit tout bas: «Que c'est que ça veut dire, ça! Vous l'avez pas pardu, le p'tit! Si c't'un tour, là, j'vous étripe, madame Cadieux, pis j'vous vends en boudin, j'vas faire une fortune! Ben, répondez, restez pas de même comme une statue de plâtre, vous avez pas l'air d'une sainte Thérèse pantoute!» Ça fait que j'ai été obligée de toute y conter l'histoire au grand complet, avec tous les détails, pis toute. À pâlissait à vue d'œil, pis les autres se cachaient pour pas rire.

Même monsieur Blanchette trouvait ça drôle, c'est vous dire… Mais pas la Therrien, par exemple. Oh, non ! Mais au lieu de sauter sus moé, quand j'ai eu fini, à s'est affouerrée à ma place, pis à s'est mis à beugler. «J'ai toute faite ça pour rien ! Y'est même pas mort, le p'tit tabarnac ! J'ai faite une folle de moé toute l'après-midi pour rien ! J'ai failli retontir à l'asile oubedonc en prison pour rien ! Ousqu'y l'est, c'te p'tit sacrament-là, que j'le tuse !» On a été obligées de se mettre toute la gang ensemble pour la persuader qu'au fond, c'tait juste drôle. À l'a fini par rire un peu en se mouchant, mais ça nous a pris un bon quart d'heure… pis chus pas sûre qu'à riait vraiment… Un moment donné, parce qu'on parlait toutes en même temps, y'a une sœur qui s'est passé la tête dans'porte pis qui a dit : «Pourriez-vous faire un peu moins de bruit, s'il vous plaît ?» Ça fait que madame Brouillette y'a répond rien que sur une pinotte : «Pis vous, pourriez-vous faire un peu moins de boucane, s'il vous plaît ?» Là, la Therrien qui était pas au courant de nos démêlés avec les sœurs s'est mis à rire de bon cœur en disant à madame Brouillette : «Vous vous gênez pas avec les pisseuses, vous !» Quand on a vu qu'à recommençait à être de bonne humeur, on y'a conté nos aventures avec les sœurs, en en mettant un peu plus pour la faire rire. À l'a fini par me dire : «C'est pas nécessaire de faire le singe de même, madame Cadieux, ma bonne humeur est r'venue, là ! Mais la prochaine fois, pardez-lé donc pour vrai, vot'p'tit, au moins, vous dérangerez pas le monde pour rien !»

Sur les entrefaites, une nouvelle est arrivée. Quand j'dis nouvelle, là, j'veux pas juste dire une qui était pas là avant, j'veux dire une qu'on avait jamais vue avant. Une vraie nouvelle. Est arrivée avec son numéro douze, pis à s'est assis dans la seule chaise qui restait. Moé, j'tais deboute devant madame Therrien. Était enceinte de quatorze mois, j'pense, c'te femme-là! J'ai jamais vu ça! J'avais envie d'y demander si à s'appelait pas madame Dionne, c'est pas mêlant! À s'est tu-suite rendu compte qu'on la regardait avec des grands yeux, pis à l'a fini par dire: «C't'effrayant, hein? Les docteurs ont jamais vu ça. En tout cas, pas depuis un bon bout de temps. Une maigre sèche comme moé avec un si gros ventre. Mais y paraît que le p'tit y'est normal, lui, par exemple. Mais pour moé j'ai des jumeaux oubedonc des trios, pis y veulent pas me le dire!» À s'est rendu compte tout d'un coup que j'tais deboute nu-pieds, ça fait qu'à l'a dit en se levant: «Oh, excusez-moé, madame, ça doit être vot'chaise!» «Non, non, non, que j'y ai répond, c'est celle-là, ma chaise...» J'montrais la Therrien qui a voulu se lever à son tour. «Laissez faire, madame Therrien, vous devez être ben fatiquée, que j'ai dit. J'vas aller m'en charcher une dans la cuisine.» L'autre bord des toilettes, y'a une vraie cuisine, avec un set pis toute, ousque le docteur va se faire un café quand y'arrive de ses visites, oubedonc une sandwich à l'heure du souper quand y'a trop de monde. Ça fait que j'ai été charcher une chaise, ça y fait rien, au docteur, y nous a dit que c'tait correct. Quand chus r'venue, la nouvelle avait déjà commencé à conter sa vie. J'vous dis que ça y'avait pas pris de temps, elle... Avant de m'assire, j'me sus mis à quatre pattes devant madame Therrien pour aller charcher mes suyers en dessous de la chaise. Madame Brouillette m'a sacré un coup de comique sus les fesses. Lucille a rougi en évitant de r'garder monsieur Blanchette, qui s'est même pas penché pour voir en dessous de mes culottes. Si y faudrait qu'y soye tapette pour vrai, à s'rait ben obligée de se tricoter des mouchoirs, pauv'Lucille! La nouvelle, elle, à continuait son histoire. Chus venue m'assire juste à côté d'elle, pis j'ai dit ben fort, en croisant les jambes : «Comment vous vous appelez, donc, vous ?»

«Ah, c'est vrai, chus-tu folle, chus là que j'conte ma vie,
pis j'vous ai pas encore dit comment c'est que
j'm'appelle! Armande Tardif. Chus veuve.» Nous autres,
on a toutes regardé sa robe rouge clair de femme enceinte,
pis on s'est regardées, après. La Brouillette a dit avant de
se cacher derrière Dracula: «J'espère que vous nous direz
pas que vous êtes veuve depuis deux ans!» On s'est toutes mis à rire. Même madame Tardif. Ça fait que monsieur Blanchette a cru bon de placer son grain de sel!
«Non, parce qu'on aurait été obligés de croire que c'était
une opération du Saint-Esprit!» Ça, ça l'a gâté un peu
not'fun. J'me sus contentée de le regarder avec un air de
beu. Y m'a compris, j'pense, l'épais. «Non, ayez pas
peur, c'est pas une opération du Saint-Esprit. C'était bel
et bien lui. Avant qu'y meure, naturellement. Ça fait pas
longtemps qu'y'est mort. Y'est mort y'a trois mois. Quatre-vingt-sept jours exactement. J'les compte. Tous les
jours j'mets une croix sur le calendrier...» Était tellement
narveuse qu'à l'a pris trois-quatre pelules dans sa sacoche. Sans eau, ni rien, envoye donc! À l'a continué en
mâchant: «C'est les docteurs qui m'ont dit de pas porter
le deuil. Une femme enceinte en deuil, c'est toujours plus
triste qu'une femme ordinaire. Y m'ont dit d'essayer de
porter des couleurs vives... pour essayer d'oublier. Voir

si c'est le rouge clair qui va me faire oublier mon mari ! Y travaillait dans'construction, pis y'était pour arrêter d'un jour à l'autre, parce que l'hiver y'a pas grand ouvrage. Ah, y'en a. Y'en a plus qu'avant. Mais pas comme l'été. Y'avait eu la chance de travailler une bonne partie de l'hiver, mais là, l'ouvrage manquait. On se disait tous les deux que c'était pas ben grave parce que le printemps s'en v'nait. Ben, y'était pour arrêter le samedi, pis ça s'est passé le mardi, c'est ben pour dire, hein... Mais y'a toujours été imprudent... Ah, pas imprudent comme... fanfaron, j'dirais. Y'a toujours été ben fanfaron pis ça y'a toujours joué des tours. C'te fois-là j'appelle pus ça un tour ! Entéka. Moé, j'connais pas ça, la construction, mais quand y m'ont conté ça, j'voulais pas le croire. Aïe, y'ont des outils assez forts pour tuer le monde, asteur, c'est pas des maudites farces ! Ça marche pus au marteau pis au clou, là, non, non, sont rendus qu'y montent des drilles jusqu'en haut des édifices, pis toute. Avoir su ça, j'y arais dit de se trouver une autre job avant, moé. Je l'aimais assez que si j'arais su que c'tait dangereux de même travailler dans'construction, je l'arais retiré de là ! Entéka. C'te maudit matin-là, y'ont reçu une nouvelle patente. Une nouvelle sorte de gun à clous ou quequ'chose de même. C'tait supposé d'être ben ben puissant, mais y connaissaient pas ça parsonne pis y savaient pas trop comment c'est l'essayer. Le contremaître était malade c'te journée-là pis les gars avaient pris quequ'bières de trop pendant le dîner. Y'ont décidé d'essayer la nouvelle patente, toujours. Mon mari, lui, y'était ben Thomas, y'a toujours été ben Thomas. Y finissait toujours par se mettre les doigts où c'est qu'y'avait pas d'affaire, pis ça y jouait toujours des tours... C'te fois-là, j'appelle pus ça un tour. Entéka. Ça l'air qui leur s'arait dit, de même :

« Ça doit pas être si bon que ça, c'te maudit gun-là. C't'encore une dépense de fou que la compagnie a faite ! Y veulent pas nous payer, pis y'arrêtent pas d'investir dans d'la machinerie qui vaut rien… Écoutez, les gars, on va toujours ben voir si à marche, c'te câlice de minoune-là. J'vas aller me placer à une douzaine de pieds avec une planche de trois pieds de large, pis toé, Tit-Ouis, vise dedans. J'vous gage un cinq que le clou se plantera même pas assez loin pour tenir dans'planche ! Ça vaut jamais rien, ces maudites machines-là. Pésez-moé ça, ça pése deux plumes, comment voulez-vous que ça cloue comme du monde, torvisse ! » Ça l'air que les gars voulaient pas, au commencement, mais y'es a traités de pissous, de chiants en culottes, de tèteux, pis de bretteux, ça fait qu'y'ont fini par dire comme lui. Y'est allé se planter à quequ'pas de Tit-Ouis Larouche avec une planche pas mal épaisse qu'y tenait à bout de bras, Tit-Ouis a tiré, le clou a travarsé la planche de bord en bord pis y'est allé se planter dans le front de mon mari. »

Madame Gladu, que je voyais pâlir à vue d'œil depuis quequ'menutes, s'est effouerrée à terre, sans connaissance, blanche comme une morte. Monsieur Blanchette s'est garroché sus elle pendant que Lucille allait mouiller queque'Kleenex dans les toilettes. «C'est drôle, qu'à l'a dit, Armande Tardif, à chaque fois que j'conte c't'histoire-là, y'a toujours quequ'un qui perd connaissance!» Les sœurs se sont amenées, attirées par le malheur, j'suppose, pis y'en a une qui a dit: «Y faut appeler un prêtre immédiatement!» «Lâchez-moé donc le prêtre tranquille, vous, que madame Brouillette y'a répond, est pas à l'article de la mort!» «Comment pouvez-vous le savoir, madame, hein?» «À me l'a dit avant de tomber sans connaissance! À m'a dit, de même: "Madame Brouillette, j'perds connaissance, là, mais chus pas à l'article de la mort, faites pas v'nir le prêtre!" Allez donc vous assire, astheur, ma sœur, pis récitez donc une p'tite douzaine de rosaires ça va peut-être faire monter quequ's'âmes du purgatoire au ciel!» La sœur est retournée s'assire, insultée. Madame Brouillette a relevé la tête: «Pis r'venez pas!» Madame Gladu reprenait connaissance. «C'tu effrayant de conter des histoires de même, non, mais c'tu effrayant! Marci, marci, c'est correct, là, chus correcte, là, j'vas m'assire pis j'vas t'être correcte.»

«Excusez-moé, madame, a dit la femme du mort, avoir su…» «Vous en auriez mis deux fois plus!» que j'y ai répond, rien que sur une pinotte. «Ben voyons donc! J'ai toute conté exactement comme ça s'est passé! J'ai rien exagéré! Y'est mort d'un clou dans le cerveau! J'tais pas pour dire qu'y était mort d'un bec su'l'front! J'tais enceinte de cinq mois… J'ai pensé mourir. J'ai voulu mourir, aussi. J'ai pris des pelules. Mais ça l'a pas marché, c'tait pas les bonnes. J'tais déjà narveuse d'avance, ça fait qu'imaginez-vous, là! J'en ai deux autres, à part de ça. Une p'tite fille de six ans, pis une autre p'tite fille de deux ans. Y'était tellement beau, c't'homme-là, madame! Pis y'était tellement fin! Je l'aimais assez, là, que j'vivais rien que pour lui! C'est le plus bel homme que j'ai jamais vu, j'pense! J'rêve encore à lui, la nuit… J'le vois encore partout. J'y parle. Les docteurs me disent d'essayer de l'oublier. Mais allez donc oublier un homme de même, ça se peut pas! Essayer de l'oublier! J's'rais jamais capable! T'nez, j'ai un portrait de lui… J'le porte tout le temps sur mon cœur. R'gardez… Pensez-pas qu'y'est pas beau! Comment voulez-vous oublier une pièce d'homme de même!» À nous avait sorti un portrait pris dans une machine à trente sous, pis à le faisait circuler. À charriait pas mal, j'trouve… «Y'a pas un acteur de vues pour arriver avec lui. Même pas les Américains, j'pense. Y'avait des muscles, là, tiens, de même, y'était quasiment toute en bubbles! Pour me faire rire, des fois, le soir, y se mettait tout nu pis y faisait grouiller ses muscles. C'tait assez excitant, là, c'est ben simple, j'en parle, là, pis j'viens toute mal! Pensez pas qu'y'a pas l'air smatte, là-dessus, hein? J'ai mis des portraits de lui partout dans'maison, de même, que j'soye n'importe où, j'peux le voir pis y parler… C'est fou, hein, être folle de même de son mari…

Surtout quand y'est mort. Mais j'pourrai jamais l'oublier ! Y'a pas une pelule, y'a pas un docteur qui va arriver à me faire oublier mon mari ! Jamais ! Hon, qu'y'est beau ! 'Gardez ça !» À l'a donné un gros bec au portrait qui était revenu à elle. Là, on commençait toutes à être pas mal inquiètes ! On commençait toutes à penser que c'était une joyeuse folle, écoutez donc ! C'est moé qui avait eu le portrait la darniére. J'l'avais regardé pendant qu'à parlait pis j'avais envie d'y dire qu'à l'avait dû se tromper de portrait certain ! Le nez un p'tit peu croche. Les p'tites oreilles un peu décollées. Pis y vous avait un de ces airs d'épais, mes chers amis ! Ah, y'était pas laid ! J'arais pas craché dessus un p'tit jeudi soir creux, mais de là à se pâmer de même, franchement ! «Mais c'tait pas tellement du visage qu'y'était beau, hein, qu'à l'a ajouté en remettant le portrait dans sa brassière, non, c'tait pas tellement du visage qu'y'était beau, c'était du corps. Ah, vous auriez dû voir ça, c'avait quasiment pas de bon sens !» On était toutes là qu'on la regardait… On finissait quasiment par avoir la bave à'bouche à force de se faire parler de corps de même… Mais Lucille a décidé de finir ça en farce en criant à tue-tête : «J'espère au moins que les pisseuses ont bouché leurs chastes oreilles !» Pour moé y'es avaient pas bouchées parce que celle qui fumait s'est étouffée ben raide !

Le corps... le corps... J'vous dis que si j'me sus-tais arrêtée à ça, j'l'arais pas marié pantoute, Pit! Y'est ben fin des fois, mon mari, pis je r'grette pas de l'avoir marié, mais on peut pas dire qu'y'est beau à se sacrer à genoux devant! Pis comme chus pas une Popeye moé-même, on va ben ensemble. Moé, j'aime pas ben ça le monde trop beaux. D'habetude, sont bêtes. Prenez les enfants d'Édith Roy, ma voisine d'en bas, sont ben beaux, des vrais anges, pis est quasiment en amour avec, mais sont pas parlables! On dirait que ça leur suffit d'être beaux, pis qu'y'auront jamais de besoin d'autre chose, dans'vie! C'est vrai! Le monde laid, ça finit toujours par se démarder, dans'vie, mais le monde beaux on dirait toujours que ça l'a pas de forces pour se sortir de leu'misère! Sont beaux pis c'est toute... J'aime mieux être laide pis débrouillarde qu'épaisse pis belle! J'dis ça, j'dis ça, pis... Ça m'arrive, à moé aussi, comme tout un chacun, de rêver que chus belle pis que j'ai toutes les hommes à mes pieds... Pis ça m'arrive aussi d'être épaisse... Mais ça me rend pas plus belle, par exemple. Quand chus t'avec Pit... Des fois, quand chus t'avec Pit, pis qu'y'est fin, ben... j'finis par le trouver pas trop pire. On s'habitue, après tant d'années, aux affaires pas belles de son mari, pis on vient qu'on les oublie. Quand je r'garde les acteurs, à la télévision, j'me dis que peut-être un coup dégrimés qu'y sont pus beaux pantoute. À part de t'ça, j'ai entendu dire qu'y se dégriment jamais, pis si y'a quequ'chose que j'haïs dans le monde c'est ben les hommes grimés, ça fait que j'me dis que chus pas si mal avec mon Pit... laid. Au moins, y reste naturel, lui, y se met pas des trois pouces de croûtes de grimage dans'face pour essayer d'être beau ! Pis ça y prend pas un téléthéâtre de deux heures et demie pour me faire comprendre qu'y'a envie de faire ça, le dimanche au soir ! Les beaux mots d'amour que le monde se disent à la télévision, là, ben y'es connaît pas, Pit, pis c'est tant mieux ! Les beaux mots d'amour que le monde se disent à la télévision, là, ben le monde se les disent rien qu'à la télévision ! Dans'vie, ça s'rait niaiseux ! Pis on pardrait not'temps ! Ah, okay, ça nous fait rêver pis toute, pis j'ai rien contre le rêve de temps en temps, mais moé j'sais ben que si Pit se mettrait à me dire le quart d'la moitié de ce que les hommes disent aux femmes dans les vues, j'me tordrais de rire en joual vert ! J'aime mieux rêver devant la télévision, pis agir dans'vie, crisse ! Les enfants... Ben les enfants, y'ont leur genre... C'est peut-être pas les enfants d'Édith Roy, mais sont mauditement plus intelligents ! Madeleine, à l'a le tour de s'arranger comme faut, à s'habille avec des belles p'tites robes qu'à fait elle-même, pis est ben correcte. Mais c'est vrai qu'était plus belle quand était plus jeune, par exemple. Raymond, lui, y'est franchement laid, avec ses lunettes pis ses boutons, mais y'a une mémoire du verrat, pis y lit assez de livres qu'y'aura jamais de misère dans'vie çartain ! Tant qu'au p'tit, on peut pas encore savoir... Y'était pas pire quand y'est v'nu au monde, mais y'est v'nu tellement narveux en vieillissant... Là, y'est à l'âge des grimaces pis des tics, mais j'suppose que ça va y passer. N'empêche...

n'empêche que ça doit être le fun pareil de pouvoir toucher à ça, rien qu'une fois, un beau corps plein de muscles... Mais peut-être qu'on peut pus s'en passer, après, pis qu'on est ben ben malheureux... Pauv'madame Tardif... est ben à plaindre.

«On attend-tu longtemps, quand on vient icitte ? » Allô question ! « Écoutez, madame Tardif, que madame Therrien y'a répond, quand on vient icitte, là, on attend tellement longtemps que notre barbe a le temps de pousser de deux pouces ! » Nous autres, on a éclaté de rire, mais j'pense que madame Tardif l'a pris au sérieux. « On attend si longtemps que ça ! » Pis, d'un coup, à y'a pensé. « Ben voyons donc, on n'a pas de barbe, nous autres ! » « Ah, pardon, pardon, moi, j'en ai, de la barbe ! » (Ça, devinez qui c'est qui venait de dire ça !) « J'irais pas jusqu'à dire qu'elle a le temps de pousser de deux pouces quand je viens ici, mais c'est vrai qu'on attend longtemps, ma bonne dame... » Ma bonne dame... Voyons donc, ça se dit pus, ça, ma bonne dame ! Y'est-tu fou à vot'goût ! « C'est parce que chus t'enceinte, hein, pis le p'tit maudit, y me donne des coups de pieds... Pensez-vous que j'vas passer avant six heures ? « Vous avez le numéro douze, que j'y ai dit, ben si le docteur arrive, là (y devrait arriver d'une menute à l'autre, y'est passé trois heures et demie) vous avez la chance de passer à peu près à c't'heure-là... Ça me fait penser, madame Therrien, vous m'avez même pas remerciée de vous avoir pris un numéro, quand chus t'arrivée ! » « Ben, j'arais ben voulu que vous m'en preniez pas ! J'arais pris le vôtre ! C'tait ben le moins,

franchement ! Après toute le trouble que j'me sus donné ! »
Es-tu bête ! Allez donc rendre sarvice au monde…
« D'ailleurs, j'ai beaucoup de misère avec ma barbe, est
tellement forte ! » (Devinez encore !) « Ah, oui, est si forte
que ça ? » que Lucille a dit, les deux aiguilles à tricoter en
l'air. « Ah, bien, vous savez, ça m'a toujours pris des
lames de rasoir spéciales. Des fois, je suis obligé de me
raser deux fois par jour ! » J'y r'gardais l'imitation de p'tit
duvet qui y poussait par-ci par-là au bout du menton, pis
j'me disais que si c'tait ça qu'y'appelait avoir la barbe
forte, Pit, lui, ça devait ben être d'la laine d'acier qui y
poussait çartain ! « D'ailleurs, j'ai l'intention de la laisser
pousser ! » « Ah, faites pas ça ! » Lucille avait pas aussitôt
dit ça qu'à s'est mis à rougir. Madame Brouillette à faite
« Hum-hum » en me faisant un clin d'œil, pis moé j'ai dit :
« Ben non, faites pas ça, monsieur Blanchette, vous allez
toute grafigner vos blondes ! » « Laura, franchement, c'est
pas ça que j'voulais dire ! » Lucille était de plus en plus
rouge. « Ben quoi, as-tu peur de nous arriver les joues en
sang une après-midi ? » Là, à n'en pouvait pus. À s'est
levée comme si y'avait eu un spring de cassé dans sa
chaise pis est allée s'enfarmer dans les toilettes. Monsieur
Blanchette s'était croisé les jambes pour se donner un air,
mais j'sentais que si y'avait eu une brique pis un fanal pas
loin, y m'aurait écrasé la tête pis y m'aurait mis le feu
après ! Les autres çillaient. Madame Touchette avait l'air
ben tannée, mais c't'à elle à nous parler au lieu de rester
pognée dans son coin comme un pot de chambre, c'est
toute. Un docteur, on est pas obligé d'attendre ça comme
les derniers sacrements, sacrement ! Justement, la porte
d'en avant v'nait de s'ouvrir, pis on s'est toutes dit : « C'te
fois-là, le v'là, c'est son heure. » Madame Touchette s'est
levée d'une frippe… pis là l'a failli se bumper contre Alice

Thibodeau qui v'nait d'arriver avec sa nièce la poisonne.
Quand à l'a aperçu madame Touchette, Alice Thibodeau
a dit : « Verrat, dites-moé pas que v'là rendu que j'marche
comme le docteur, astheur ! Bonjour, madame Touchette !
Toujours aussi comère ! Hi, girls ! Me v'là ! Mais j'en ai
peut-être pas pour longtemps, chus juste v'nue pour ma
piqûre. » Quand a l'aperçu monsieur Blanchette, madame
Thibodeau a dit en le r'gardant dans les yeux : « On va
être entre femmes, à c'que j'vois ! » Elle à l'haït, monsieur
Blanchette ! Ben plus que moé, encore ! À trouve qu'y
sent le bénitier. Une fois, à y'avait dit : « Écoutez donc,
vous, votre parfum y s'appelle-tu *Sueurs du Christ* ? »
Lucille y'avait pas parlé pendant un bon mois. Madame
Touchette est venue pour se rasseoir, mais madame Tardif, qui était pas au courant du fauteuil sacré, s'était levée,
pis était allée s'assire à sa place. À l'avait tiré une revue
de mode de sa sacoche pis à l'avait commencé à la lire.
On s'est toutes regardées. « Ça y'est, on va savoir si est
muette ! » que j'me sus dit. Madame Touchette est restée
plantée comme un bâton d'arpenteur pendant dix secondes, pis tout d'un coup à l'a reviré de bord pis est allée
s'assire dans le p'tit salon, à côté. On a entendu les sœurs
pis les Grecques grouiller. À l'a dû les déranger... Pendant ce temps-là, Alice Thibodeau avait eu le temps d'enlever son verrat de vieux manteau de drap qu'à porte hiver
comme été depuis que j'la connais. Est v'nue s'assire à
la place de madame Tardif, à côté de moé. « J'ai emporté
mon jeu de cartes, les filles ! Ça m'a pas porté chance,
chus tombée sur le numéro treize ! Sylvie, viens t'assire
à terre à côté de moé, mon trésor... Mais si ça vous fait
rien, j'vas y demander de passer tu-suite, au docteur.
J'viens juste pour la piqûre d'la p'tite pis la mienne, ça va
prendre juste deux menutes. » Quand y'en a une de nous

autres qui vient juste pour sa piqûre, on la laisse passer. Ça fait des années qu'on fait ça, pis le docteur dit rien. Ça sert à rien d'attendre des trois heures de temps rien que pour ça… Lucille est sortie des toilettes pis à s'est rassis à sa place sans me regarder. À s'est mis à tricoter la tête baissée. « On dit pus bonjour à ses chums de fille, mademoiselle Bolduc ? » que madame Thibodeau y'a dit en sortant ses cartes. « Bonjour, madame Thibodeau, bonjour. Allô Sylvie. » « Mon Dieu, vous êtes-vous assis sus une plotte à épingles hier soir ? » « Non, mais chus tombée sus une plotte sale après-midi, par exemple ! » qu'à y'a répond en me r'gardant en pleine face. Ah, ben aïe ! Me v'là en beau tabarnac ! J'me sus levée rien que sur une ritournelle. « Lucille Bolduc ! Qui c'est que t'appelle une maudite plotte sale ? Pis devant ton monsieur Blanchette par-dessus le marché ! T'as honte de nous autres devant lui, mais tu t'entends pas, toé ! » « Aïe, aïe, aïe, wow, commencez pas à vous battre tu-suite de même, là, vous autres, j'viens juste d'arriver, moé, là ! Laissez-moé le temps de me mettre au courant que j'me jette dans'mêlée moé avec ! » Est ben bonne pour casser les chicanes, madame Thibodeau. Une chance qu'était-là, parce que j'tais prête à sauter à pieds joints sur Lucille ! Pis elle itou ! Pis on l'arait r'gretté, après, parce qu'on s'aime ben, tou'es deux. J'me sus mis à rire, pis j'ai dit à Lucille : « J'me garrocherai pas su toé, t'as des aiguilles à tricoter, pis j'ai pas envie de rentrer chez nous avec un tricot de planté dans le dos ! » « C'est pas dans le dos, que j't'les arais plantées, mes aiguilles, Laura Cadieux, c'est ailleurs ! » que Lucille a dit, en riant. Monsieur Blanchette a murmuré : « Franchement, mademoiselle Bolduc ! » « Écoutez, vous, que j'y ai dit, le plus poliment que j'ai pu, on est entre femmes, icitte, pis on se fait des farces de femmes! Si vous voulez faire des farces d'hommes, allez retrouver les sœurs, de l'aut'bord!» Madame Brouillette a mis son comique de monstres dans sa sacoche. «Bon, ben on joue-tu au cinq cents, les filles, avant de commencer à se garrocher des roches?» À s'est levée, à l'a ôté toutes les revues de sur la table en coin, pis à l'a posée au milieu du salon. «Bon, ben, j'vas jouer contre vous, madame Thibodeau, pis les deux grandes ennemies, Lucille pis Laura, vont jouer ensemble pour leur punition!» À sait qu'on aime ça jouer ensemble, Lucille pis moé, madame Brouillette, ça fait que ça l'a fini de nous raccorder. On a rapproché nos chaises d'la table. «Avez-vous le droit de jouer aux cartes, de même, chez le docteur?» a demandé madame Tardif en sortant de sa revue de mode. «Quand ça f'ra dix-sept ans que vous v'nez icitte tou'es s'maines, madame, a répond madame Thibodeau, vous allez vous permettre des affaires ben pires que ça, faites-vous-en pas!» La p'tite Sylvie a demandé: «J'peux-tu passer les cartes, ma tante Alice?» «T'as en belle, mon trésor, mais trompe-toé pas, c'est une partie sérieuse!» Monsieur Blanchette avait pas dit un mot depuis que j'l'avais r'mis à sa place. Mais juste avant de v'nir s'installer à table, Lucille y'a tapé doucement sur le genou, pis ça eu l'air de le tranquilliser. Pis y'a arrêté de me regarder comme si j's'rais un sarpent à sonnettes.

Moé, la p'tite Sylvie, j'y donnerais pas le bon Dieu en peinture à numéros, si vous voulez savoir! Est tellement hypocrite qu'à r'garde toujours de côté. J'pense que je l'ai jamais vue de face, c't'enfant-là! Toute c'qu'à dit, pis toute c'qu'à fait, c'est pour que les autres la voyent. À l'a dix ou onze ans dans le plus pis à pèse à peu près le double qu'à devrait, ça fait que ça doit y donner des complexes ou quequ'chose. Pourtant, à l'a pas besoin de faire tant de singeries pour attirer l'attention, viarge, tu peux pas la manquer! C't'effrayant, à son âge, à l'a les mêmes piqûres pis les mêmes traitements que moé! Y y'ont mis dans'tête qu'à faisait d'l'anémie, à part de ça, ça fait qu'à l'en profite toujours pour s'écraser dans quequ'coin en disant qu'à se sent faible, pis fatiquée... Tout en nous guettant du coin de l'œil pour voir si on la r'garde. Moé, j'pense qu'à le sait que je l'haïs, parce qu'est ben plus fine avec moé qu'avec les autres. Est toujours assis à côté de moé, après me faire des sourires en coin oubedonc à essayer de me prendre la main. Moé, des enfants colleux de même, j'tuerais ça à grands coups de tue-mouche! Surtout qu'est fine de même rien que depuis la fameuse fois... Ça fait quequ'mois, de ça... Une bonne journée, à l'arrive avec sa mére, Rollande Bernier, pis sa tante, Alice Thibodeau. Ça aussi c'est tout un numéro, la Rollande

Bernier. Ça, ça fait d'l'anémie pour vrai, par exemple ! Toujours blanche comme une morte… À l'a d'la misère à se traîner d'une chaise à l'autre pis à parle à peu près comme à grouille… À rentre dans le bureau du docteur à genoux pis à n'en ressort à quatre pattes. Entéka… À part de ça qu'à se laisse embarquer sur le dos par le p'tit monstre à Sylvie que c'est quasiment scandaleux ! Ça fait que c'te fois-là, toujours, c'était au commencement du printemps pis y faisait ben ben chaud su'l'docteur. On était au moins vingt, c'te journée-là. Toutes les «éternelles» étaient là comme un seul homme, pis en plus y'avait une gang de nouvelles Rollande Bernier, la mère à Sylvie, à voulait voir le docteur absolument ça fait qu'était arrivée ben de bonne heure. À l'avait le numéro trois, j'pense. Ben la p'tit tabarnac à Sylvie décide-tu pas de se mettre à nous achaler ! À l'a commencé par dire qu'y faisait donc chaud. On le savait, bout de crisse, moé j'glissais quasiment sus ma chaise tellement j'étais mouillée. Rollande y'a dit avec sa voix traînante d'aller s'asseoir dehors si à l'avait trop chaud. Sylvie y'a répond : «Non, y'a trop de train. J'ai peur des machines pis des étebus !» «Ben oui, mais y montent pas su'l'perron, viarge !» que j'y ai dit. Ça fait que la p'tite toryeuse m'a quasiment envoyé chier ! «C't'à ma mère que j'parlais, c'tait pas à vous ! Moman, dis-y de se mêler de ses affaires, à elle !» Rollande arait jamais osé me dire ça. «Laissez-la faire, madame Cadieux, est ben fatiquée, aujourd'hui ! On a mal dormi, tou'es deux. Maurice a été obligé de coucher dans la chambre de la p'tite parce que la p'tite pouvait pas dormir. Est v'nue se coucher avec moé pis à m'a empêchée de dormir parce qu'à grouillait trop… C'est pas des farces, à prend plus de place que son père dans le lit…» «Y faisait chaud, pis j'avais peur… Pis

110

j'voulais pas que popa couche dans mon lit, ça sent, après…» Aie, ma propre fille arait dit ça de son père, moé, que ç'arait été la darniére chose qu'à l'arait dit dans sa vie ! Mais pas elle. Rollande y'a dit avec sa p'tite voix du nez : «Voyons, Sylvie, dis pas ça, là, c'est pas beau. Popa, y pue pas !» «Oui, y pue ! Tu le dis toé-même, des fois !» «Chut, dis pas ça, Sylvie, là, parle de d'autre chose.» «C'est dans le salon que j'voulais qu'y couche !» «Y'a presque pas d'air, dans le salon, Sylvie ! Tu veux-tu que ton popa meure ?» «Pis la nuit prochaine, si y dort encore dans mon lit, j'vas continuer à te réveiller !» La p'tite ciboire ! On en r'venait pas, nous autres. Sa tante Alice a sorti dix cennes, pis à y'a dit : «Tiens, ma belle Sylvie, va t'acheter quequ'chose, mais parle pus de ça, hein ?» «Chus trop fatiquée, allez-y, vous !» «Ben voyons donc, c'est toé la p'tite fille, y faut que tu y'alles toé-même !» «Non, j'reste icitte, y fait trop chaud ! J'veux une Cherry Blossom !» Sa mère y'a dit avec sa voix de niaiseuse : «Sylvie, j'vas me fâcher, là… Si tu veux du chocolat, prends le dix cennes à ma tante, pis vas-y, là !» La p'tite s'est mis à hurler comme une déchaînée : «J'veux une Cherry Blossom ! J'veux une Cherry Blossom !» Moé, j'me sus levée, nu-pieds comme d'habetude, en disant : «Allez charcher une Cherry Blossom, pis étouffez-là avec, mais faites quequ'chose !» La p'tite continuait à râler, pis y'avait deux-trois bebés avec leu-mères qui se sont mis à faire pareil. Les mères r'gardaient Rollande Bernier avec les yeux en fusil, vous comprenez. «J'veux du chocolat ! Si j'ai pas de chocolat, j'vas tomber sans connaissance ! J'vas faire une crise, pis ça va être de ta faute, maudite folle ! T'es rien qu'une maudite sans dessine ! Va me charcher une Cherry Blossom, maudite folle, sans ça j'tombe sans connais-

sance ! » Ben verrat, Rollande s'est levée, à l'a pris le dix
cennes de madame Thibodeau, pis est partie charcher une
Cherry Blossom sur Avenue du Parc. C'est-tu assez fort !
Moé, j'y arais donné une de ces volées, j'vous dit qu'à
s'rait tombée dans les pommes pour de vrai ! Mais non, au
lieu de ça, Alice Thibodeau l'a pris dans ses bras
(j'devrais plutôt dire sur ses genoux, franchement, avec la
grosseur de c't'enfant-là), pis à la berçait en l'appelant
« mon trésor », « mon bebé », « ma chérie », « ma tout-
tite ». L'autre, à redoublait ses beuglements, tout en nous
guettant du coin de l'œil pour voir si à nous dérangeait
ben comme faut. Nous autres, on se r'gardait toutes en se
faisant des signes. Madame Brouillette faisait semblant
d'la battre à grands coups de comique d'horreur, madame
Gladu avait sorti un pot de valiums en faisant semblant
d'y mettre toutes les pelules dans'yeule, madame Lauzon
(eh, qu'est folle, elle) avait sorti un Cherry Blossom qu'à
l'avait dans sa sacoche pis à le mangeait en se pâmant sur
la cerise pis les pinottes, pis Lucille faisait le geste d'y
crever les deux yeux avec ses aiguilles à tricoter. Moé,
j'faisais semblant d'y dévisser la tête. Quand sa mère est
r'venue, toujours, Sylvie y'a dit : « Y se moquent de moé,
moman ! Envoye-les ! Envoye-les ! J'veux pus les voir ! »
« Ben, on peut pas les envoyer de même, ma Sylvie, c'est
des clientes, eux-autres itou ! » « C'est juste une gang de
grosses vaches, envoye-les ! » Aïe, là, moé, j'tais pus capable, hein ! La grosse vache, je l'ai pas pris ! Non, trop,
c'est trop ! J'me sus garrochée sus elle pis j'me sus mis à
la secouer comme un pommier en y disant : « Si tu dis
encore ça une fois, ma p'tite ciboire, j'te passe par le
châssis ! Avant de traiter les autres de grosses vaches,
r'garde-toé donc dans le miroir ! Tu sauras qu'à ton
âge, là, ben j'tais trois fois plus p'tite que toé, ça fait

112

qu'imagine-toé de quoi tu vas avoir l'air quand tu vas être grande!» Alice pis Rollande étaient tellement saisies, qu'y'ont pas été capables de rien dire. La p'tite s'est arrêtée de crier comme par enchantement pis est v'nue douce comme une soie. Depuis c'temps-là qu'est fine avec moé pis qu'à me liche le cul. Est tellement collante que des fois j'arais envie qu'à nous recommence ses crises, c'est pas mêlant! Astheur, à braille jamais. À dit juste qu'est fatiquée, pis à s'écrase dans un coin. Quand sa mère vient pas, c'est moins pire... est plus gênée pis à l'essaye presque de se faire oublier. Ça fait longtemps qu'est pas v'nue, sa mère... Y paraît qu'est plus malade que jamais...

C'est Lucille pis moé, qu'on gagnait, au cinq cents, pis on barbait les autres comme des bonnes. Faut dire qu'on triche comme des toryeuses pis qu'y s'en aperçoivent même pas. Eux autres, c'est le «jeu scientifique», pis nous autres, c'est le «fun scientifique»! On les fait fâcher, y font revoler les cartes partout quand y pardent… On a ben du fun. Le p'tit est rentré après la quatrième brassée, pis y'a commencé à tourner autour de Sylvie. Ça fait que j'ai dit en faisant semblant de rien: «Approchetoé pas d'elle, mon trésor, c't'une malade. Pis est contagieuse.» Le p'tit est reparti en courant. Alice Thibodeau a baissé son jeu: «Franchement, madame Cadieux! Pauv'p'tite!» La pauv'p'tite en question s'est levée, à l'a faite le tour d'la table pis est v'nue s'effouerrer à côté de moé avec un grand sourire pis des grands yeux de vache éplorée. Avoir su!

Juste après la première partie, vers quatre heures et cinq, le docteur s'est amené. Y'avait l'air pas mal fatiqué. Avec ses visites à l'hôpital, vous comprenez. On y'a toutes dit bonjour, mais comme d'habetude, y nous a pas répond. Pour aller se faire un café, dans'cuisine, y faut qu'y passe par les deux salles d'attente. Ben, y nous r'garde même pas. Y passe la tête basse, les yeux à terre… Jamais qu'y nous dit un mot. Y'est ben fin quand on est tu-seul avec lui dans son bureau, mais en dehors du bureau, pas un mot, pas un geste. Quand à l'a vu travarser le salon, madame Touchette s'est levée comme un spring, pis est allée se mettre à l'attention devant la porte du bureau.

Les deux qui v'naient de pardre la première partie, madame Thibodeau pis madame Brouillette, ont été remplacées par madame Therrien qui s'était quasiment endormie dans son coin, pis madame Gladu. J'm'ai dit à moé: «J'espère qu'on pourra pas voir les cartes de madame Gladu dans son visage, j'haïs ça!» Madame Therrien avait pas l'air ben contente d'être sa partenaire, non plus. À s'est assis en me r'gardant avec des grands yeux. J'y ai faite un signe en voulant dire: «Que voulez-vous, c'est pas de ma faute!» «V'nez vous assire, les deux folles, a dit Lucille, qu'on vous batte, vous autres aussi! Vous allez voir ça, on s'appelle pas "les invincibles" pour rien!» Pendant qu'on commençait la première brasse, c'est moé qui brassais, madame Thibodeau a appelé sa p'tite nièce Sylvie, pis la p'tite démone est allée s'assire sur elle. Enfin! Était tellement collée sus moé pendant la première partie que j'avais d'là misère à respirer, viarge! Madame Thibodeau s'était assis à côté de madame Tardif, pis à faisait connaissance. Faut dire que quand Alice Thibodeau fait connaissance avec quelqu'un, ça veut dire qu'à y conte ses histoires de cul avec son mari. Nous autres, on la sait par cœur depuis des années, son histoire, mais ça nous fait toujours rire...

«Comme ça, vous êtes veuve! J'sais pas comment c'est que vous faites! Ça fait combien de temps?» «Quatre-vingt-sept jours.» «Vous comptez les jours! Vous devez vous ennuyer sur un temps rare! Comment c'est que vous avez faite pour pas faire ça pendant quatre-vingt-sept jours, donc! Moé, j's'rais pas capable! C'est vrai que vous, vous êtes enceinte! Moé, quand j'tais enceinte, j'manquais de virer folle les derniers mois... M'as dire comme on dit, passez-moé l'expression, mais moé y me faut mes trois bottes par semaine! Mais pas des p'tites bottines, là, non, non, non, des vrais botterleaux! Demandez à Oscar, y'est pâle comme un linge pis les jambes y tremblent quand y s'en va travailler, le lendemain matin. Moé, j'aime ça, madame! Pis chus pas gênée de le dire, hein, pis j'en ai pas honte: j'aime ça, j'trouve ça le fun, ça me garde en forme, ça me fait chanter, ça me rend de bonne humeur, pis ça me fait dormir comme une Madeleine. Que c'est que vous voulez demander de plus? Sylvie, tu commences à être pas mal pésante, là, va t'assire sur une chaise...» Sylvie est r'venue se coller sus moé, naturellement! «Mais depuis quequ'temps, on a d'la misère, moé pis Oscar. Avant, lui, y'était maigre comme un casseau, on voyait quasiment le soleil en travers, ça fait qu'on n'avait pas de problèmes quand on faisait ça.

Y'avait rien que moé de grosse. Mais là, depuis deux-trois ans, y s'est mis à engraisser comme un cochon d'eau douce, ça fait que c'est devenu plus compliqué ! Vous comprenez, bédaine contre bédaine, on a d'la misère à se r'trouver, des fois ! Ça finit par avoir d'la misère à rentrer ! Pis m'as dire comme c'te gars, j'veux pas faire ça par en arrière, ça fait pas des enfants forts ! » Madame Thibodeau a éclaté de rire, mais les deux sœurs, les deux c'te fois-là, se sont étouffées, dans l'autre salon. Lucille Bolduc pis monsieur Blanchette se sont r'gardés en rougissant… La Thibodeau continuait, elle : « On a essayé tu-sortes de positions… On a même fini par acheter le livre des positions, là, mais c'est deux jeunes maigres sèches qui font les démonstrations, ça fait qu'y'ont pas de misère, eux autres. Y devrait avoir un livre de conseils pour les gros. Surtout que l'affaire à Oscar est pas ben ben grosse, à l'a ben d'la vie, ça, pour être vivante, est vivante rare, mais est pas ben ben grosse pis à l'a tendance à sortir. Vous, comment c'qu'était, celle de vot'mari ? » Madame Tardif a pas répond tu-suite. À l'a envalé en faisant un drôle de bruit, pis à l'a dit tout bas : « J'aime pas ben ben ça parler de ces affaires-là. Pis de toute façon, y'est mort asteur… » « À doit pus être ben ben grosse çartain ! » « Ben… non… ça devrait pas… » Monsieur Blanchette s'est levé pis y'est allé rejoindre les sœurs pis les Grecques dans l'autre salon. Lucille était en cibole : « Franchement, madame Thibodeau, devant un homme ! » « Un homme, ça ? Ben arrêtez-moé pas le sang ! Y sent le curé à vingt-cinq pieds ! Pis si y le faisait de temps en temps au lieu de bleuir quand on en parle, y'arait moins l'air constipé de par en avant ! En tout cas, Oscar, lui, y se gêne pas pour en parler ! Y'est comme moé. Vous devriez nous entendre quand on est ensemble… On est toutes de même, de mon bord, à moé, ça fait que quand on fait des parties, aux fêtes, on t'a un fun noir à scandaliser la famille à Oscar! Y'est tu-seul de dépogné, lui, de son bord à lui. Ses sœurs, c'est toutes des constipées comme vot'Blanchette à'marde! Ouan, ça fait que pour en revenir à mon histoire, un bon jour, j'ai dit à Oscar qu'y faudrait qu'y maigrisse, mais y m'a répond que moé non plus j'étais pas tout à fait aussi légerte qu'un cream puff. Ça fait qu'on s'est mis au régime tou'es deux. Mais verrat, ça donne la faim, faire ça des trois-quatre fois par semaine! Ça fait que quand on a fini, là, on va toujours se faire un p'tit lunch, dans'cuisine, sans réveiller les enfants. J's'rais moins menteuse si j'disais qu'on mange comme deux truies, mais entéka... On se r'garde en pouffant de rire entre deux sandwichs au beurre de pinotte... Tant qu'on pourra continuer pareil, c'est pas grave si on a un peu de misère, des fois, avec nos ventres. Mais le jour ousque ça rentrera pus pantoute, ben faudra ben qu'on prenne les grands moyens, j'suppose!» Le docteur, qui v'nait de finir son café, est passé juste à ce moment-là. Y'a pas pu s'empêcher de r'garder madame Thibodeau du coin de l'œil. «Vous, docteur, que c'est que vous en pensez?» que madame Thibodeau y'a demandé. Y'a pas répond, pis y'a faite rentrer madame Touchette ben vite dans son bureau. «Y'est pressé d'y faire la job, hein?» Madame Therrien a posé ses cartes sur la table pis à l'a dit à madame Thibodeau: «Au lieu de le niaiser de même, vous ariez pu y demander de vous la donner, vot'maudite piqûre, madame Thibodeau!» «Viarge, c'est vrai, j'ai oublié! Parle, parle, parle, jase, jase, jase, j'vas finir par mourir un quart d'heure en r'tard, moé!» À s'est levée, pis est allée cogner à'porte du bureau. À n'a, du front, elle! «Docteur, docteur, ça s'rait juste pour ma piqûre, pis celle d'la p'tite !» «Attendez donc cinq menutes, madame Thibodeau, voulez-vous ?» qu'y y'a répond, ben bête. Est r'venue s'assire. «La maudite Touchette, à reste toujours là des demi-heures de temps. J'pense que c'est elle qui reste le plus longtemps !» «Vous exagérez pas mal, a dit madame Therrien, à reste pas si longtemps que ça. Pis à part de t'ça, vous avez rien à dire, vous !» «Ah, moé, c'est vrai, chus ben jasante quand j'rentre là. J'essaye toujours de le faire parler, le docteur, mais y veut rien me dire… C'est juste si on sait qu'y'est marié, verrat !» Comme madame Gladu v'nait de rougir comme une tomate en une seconde et quart, proba-blement parce qu'à l'avait des bonnes cartes, madame Therrien a reposé son jeu encore une fois : «Bon, ben moé chus tannée des cartes. Ça me le dit pas, après-midi.» On a arrêté de jouer. De toute façon, le Capitaine Bonhomme était pour commencer, à la télévision, ça fait que j'ai levé le son, pis j'ai été appeler le p'tit, dehors. Juste comme y rentrait, y'étaient après annoncer que Patof était pas là ! Le p'tit était ben désappointé. Moé avec, mais j'l'ai pas laissé voir. La Thibodeau, elle, à continuait : «Moé, j'comprends pas ça, le monde qui ont honte de parler de ça ! Écoutez donc, c'est naturel, c't'affaire-là ! Comme disait si ben ma mére : «Y'a rien de meilleur au monde qu'un bon gros cornet à'vanille !» Ça m'a pris des années avant de comprendre c'qu'à voulait dire, surtout qu'à mangeait toujours de la crème à'glace aux fraises, mais quand j'ai fini par comprendre, j'm'ai dit à moé que ma mére, c'tait une femme en santé ! Était morte depuis dix ans, mais ça fait rien !»

Pour le sexe, moé pis Oscar... J'sais pas, mais... Y m'semble que ça nous rend pas fous de même... Ah, on le fait, on le fait pis on aime ça, j'pense, mais... on grimpe pas après les murs... Des fois, j'ai envie de demander à madame Thibodeau, que c'est qu'à veut dire, au juste. Mais c'est peut-être juste une maudite menteuse, aussi !

L'après-midi a fini ben plate. On avait pus rien à se dire, on dirait, depuis que la Thibodeau avait commencé à parler. C'est drôle, on la trouve drôle, d'habetude... Elle, à continuait sur le même sujet, envoye donc, mais j'ai arrêté de l'écouter un moment donné. J'sais pas pourquoi, mais on a toutes arrêté de l'écouter, j'pense... Pis les Grecques sont restées un bon trois quart d'heure dans le bureau du docteur, ça fait que... Moé, j'ai fini par me tanner d'attendre sans rien dire. J'me sus levée, tout d'un coup, pis j'ai dit au p'tit: «Bon, ben viens-t'en, moman est tannée. On r'viendra vendredi.» J'ai dit bonjour aux filles, j'ai souhaité bonne chance à madame Tardif. J'ai encore dit marci à madame Therrien. Pis chus sortie raide de même. Si y s'est passé quequ'chose d'intéressant après que chus partie, j'vas le savoir vendredi oubedonc la semaine prochaine... Entéka...

Dans l'étebus plus pleine d'étranges que jamais, j'm'ai dit que peut-être que la grosse Lauzon viendrait, vendredi. C'est elle que j'aime le plus. Pis que j'passerais peut-être plus vite en arrivant plus de bonne heure. Pis que tabarnac, j'emmènerais pas le p'tit, ça, c'est sûr ! Mais j'ai pas r'gretté d'avoir été là, par exemple. Malgré toute, la journée avait fini par passer vite.

Paris — septembre 1972
Montréal — février 1973

Chronologie

1942   Le 25 juin, Michel Tremblay naît à Montréal (Plateau Mont-Royal), d'Armand Tremblay, pressier, et de Rhéauna Rathier.

1948-1959   Études primaires et secondaires dans son quartier jusqu'à la onzième année.

1959-1966   Il exerce divers métiers : livreur au Ty-Coq B.B.Q., typographe à l'Imprimerie Judiciaire de Montréal. Il étudie aussi aux Arts graphiques.

1964   Il remporte le premier prix au Concours des Jeunes Auteurs de Radio-Canada pour *Le train*, drame en un acte, écrit au printemps de 1959, télédiffusé le 7 juin à Radio-Canada, dans une réalisation de Charles Dumas, et représenté au petit théâtre de la Place Ville-Marie, du 14 au 24 septembre 1965, dans une mise en scène de Pascal Desgranges.

1965   Première version des *Belles-sœurs*.

1966   Du 16 décembre au 20 janvier 1967, sous le titre « Cinq », six pièces en un acte sont montées au Patriote par le Mouvement contemporain.

En juin, il publie un premier recueil de contes fantastiques, *Contes pour buveurs attardés*.

1967-1968   Il est boursier du Conseil des arts du Canada. En janvier 1968, il se rend au Mexique, où il écrit *La cité dans l'œuf*, un roman de science-fiction publié l'année suivante, et *La duchesse de Langeais*, pièce en un acte.

1968   Le 4 mars, lecture publique des *Belles-sœurs* au Théâtre des Apprentis-Sorciers par le Centre d'essai des auteurs dramatiques.

Le 24 juin, lecture publique de *La duchesse de Langeais* au Centre culturel de la Cité des Jeunes de Vaudreuil, dans une mise en scène d'André Brassard. La pièce est lue aussi le 1er juillet au Centre d'essai des auteurs dramatiques.

Le 28 août, création des *Belles-sœurs* au Théâtre du Rideau Vert, dans une mise en scène d'André Brassard. La pièce est publiée dans la série « Le théâtre vivant ».

1969   Au printemps, création de *La duchesse de Langeais* par les Insolents de Val d'Or.

Le 22 avril, création de *En pièces détachées*, au Théâtre de Quat'Sous, dans une mise en scène d'André Brassard.

Le 2 juin, création au Centre national des arts d'Ottawa, pour en marquer l'ouverture, de *Lysistrata* (d'après Aristophane), dans une mise en scène d'André Brassard. La pièce est reprise au Théâtre du Nouveau Monde, du 14 octobre au 8 novembre. Elle est publiée chez Leméac.

Le 20 août, reprise des *Belles-sœurs* au Théâtre du Rideau Vert, dans une mise en scène d'André Brassard.

Le 21 décembre, télédiffusion à Radio-Canada, dans le cadre de l'émission «les Beaux Dimanches», de *Trois petits tours*, dans une réalisation de Paul Blouin. La pièce sera présentée en reprise le 22 août 1971.

1970   Michel Tremblay traduit et adapte la pièce de Paul Zindel, *L'effet des rayons gamma sur les vieux-garçons*, créée au Théâtre de Quat'Sous, le 18 septembre, et publiée chez Leméac avec une préface d'Alain Pontaut, dans la collection «Traduction et adaptation».

Publication chez Leméac de *La duchesse de Langeais* précédée de *En pièces détachées*.

Le 4 août, création de la comédie musicale *Demain matin, Montréal m'attend* au Jardin des Étoiles de Terre des Hommes, mise en scène d'André Brassard et musique de François Dompierre.

1971   Boursier du Conseil des arts du Canada, il se rend à Paris pour écrire. Il commence la rédaction de *C't'à ton tour, Laura Cadieux* et *Hosanna*.

Le 29 avril, création de *À toi pour toujours, ta Marie-Lou*, au Théâtre de Quat'Sous, dans une mise en scène d'André Brassard. La pièce est publiée chez Leméac avec une présentation de Michel Bélair.

Il traduit et adapte la pièce de Paul Zindel «…*Et Mademoiselle Roberge boit un peu…*», créée le 14 septembre à la salle Maisonneuve de la Place des arts de Montréal, dans une mise en scène d'André Brassard. La pièce est publiée chez Leméac.

Publication chez Leméac de *Trois petits tours*.

1972 En février, de passage à Montréal, Jean-Louis Barrault, directeur du Théâtre des Nations à Paris, obtient l'accord du Rideau Vert, détenteur des droits de représentation des *Belles-sœurs*, pour présenter la pièce à Paris. Le Secrétariat d'État aux Affaires extérieures du Canada refuse à cet effet une subvention au tandem Brassard-Tremblay. Madame Claire Kirkland-Casgrain, ministre des Affaires culturelles du Québec, refuse également une subvention aux comédiens de la troupe sous prétexte que la pièce, écrite en joual, n'est pas exportable. Dans une lettre publiée dans le *Journal de Montréal*, le 24 mars, la ministre exprime son dédain pour des «pièces de théâtre québécois dont la capacité de communiquer est réduite aux initiés seulement». La querelle du joual est relancée.

Publication chez Leméac de *Demain matin, Montréal m'attend*.

Le 8 octobre, télédiffusion à Radio-Canada du film *Françoise Durocher, waitress*, scénario de Michel Tremblay et réalisation d'André Brassard.

Le 8 décembre, présentation dans *L'Imma-
culée-Création*, production du Centre d'essai des auteurs dramatiques, de « Ville
Mont-Royal ou "Abîmes" », une pièce en un
acte et en bon français dédicacée à madame
Claire Kirkland-Casgrain.

1973 Le 4 avril, présentation à Toronto des *Belles-
sœurs*, dans une version anglaise de Bill
Glassco et John Van Burek, et dans une
mise en scène d'André Brassard.

Création de *Hosanna*, le 10 mai au Théâtre
de Quat'Sous.

Les belles-sœurs, enfin subventionnée, remporte un éclatant succès à Paris, au Théâtre
de l'Espace Pierre-Cardin.

Le 16 mars, reprise à la salle Maisonneuve
de la Place des arts de Montréal de *Demain
matin, Montréal m'attend*.

Publication de *C't'à ton tour, Laura
Cadieux*.

1974 Le 28 février, sortie du film *Il était une fois
dans l'Est*, réalisation d'André Brassard,
scénario de Michel Tremblay, production de
Carle-Lamy et Mojuck-Films. Le film est
sélectionné pour représenter le Canada au
Festival international du film de Cannes
(compétition officielle).

Le 16 juillet, 200e représentation des *Belles-
sœurs* au Théâtre du Nouveau Monde.

Le 22 août, création de *Bonjour, là, bonjour*,
au Centre national des arts d'Ottawa, par la
Compagnie des Deux Chaises de Montréal,
dans une mise en scène d'André Brassard.

La pièce est publiée chez Leméac.

Le 14 octobre, première à New York (Théâtre Bijou) de *Hosanna*. La pièce est retirée de l'affiche après la 30ᵉ représentation. Elle est publiée chez Leméac, suivie de *La duchesse de Langeais*.

Le 11 décembre, Michel Tremblay reçoit le prix Victor-Morin de la Société Saint-Jean-Baptiste de Montréal pour l'ensemble de son œuvre. Son discours de réception est publié dans le *Devoir* du 14 décembre.

1975   Création de *Surprise! Surprise!* au Théâtre du Nouveau Monde, dans le cadre du Théâtre-Midi Du Maurier, dans une mise en scène d'André Brassard.

Bourse du Conseil des arts pour un séjour d'un an à Paris. Écriture de *Damnée Manon, sacrée Sandra* et de *Les héros de mon enfance*.

1976   Michel Tremblay reçoit la médaille du lieutenant-gouverneur de l'Ontario.

Le 26 juin, création de la comédie musicale *Les héros de mon enfance* à Eastman par la Compagnie de la Marjolaine. La pièce est publiée chez Leméac.

Le 20 juin, création de *Sainte-Carmen de la Main*, à la salle Maisonneuve de la Place des arts de Montréal, par la Compagnie Jean Duceppe dans une mise en scène d'André Brassard. La pièce est présentée dans le cadre du programme Arts et Culture du COJO, à l'occasion de la présentation à Montréal des Jeux Olympiques. Elle est publiée chez Leméac.

1977 Le 24 février, création de *Damnée Manon, sacrée Sandra* au Théâtre de Quat'Sous, dans une mise en scène d'André Brassard. La pièce est publiée chez Leméac, suivie de *Surprise! Surprise!*

Au printemps, télédiffusion du film *Le soleil se lève en retard*, scénario de Michel Tremblay et réalisation d'André Brassard.

1978 Michel Tremblay est nommé le Montréalais le plus remarquable des deux dernières décennies dans le domaine du théâtre, devenant le 11e Grand Montréalais ainsi décoré. Publication de *La grosse femme d'à côté est enceinte*, premier volet des «Chroniques du Plateau Mont-Royal».

1979 *Les belles-sœurs* est présentée en anglais à Radio-Canada (réseau anglophone).

Le 16 octobre, succès à Paris de *À toi pour toujours, ta Marie-Lou*.

Création de *Bonjour, là, bonjour*.

1980 Le 7 avril, présentation à Radio-Québec de *Sainte-Carmen de la Main*.

Le 11 avril, création de *L'impromptu d'Outremont* par la troupe du Théâtre du Nouveau Monde, dans une mise en scène d'André Brassard. La pièce est publiée chez Leméac avec une préface de Laurent Mailhot.

Publication de *Thérèse et Pierrette à l'école des Saints-Anges*, deuxième volet des «Chroniques du Plateau Mont-Royal», pour lequel Tremblay reçoit le prix France-Québec.

1981	Le 4 novembre, création des *Anciennes odeurs* au Théâtre de Quat'Sous, dans une mise en scène d'André Brassard. La pièce est publiée chez Leméac avec une préface de Guy Ménard.
1982	À l'automne, publication de *La duchesse et le roturier*, troisième volet des « Chroniques du Plateau Mont-Royal ».
1983	Michel Tremblay est fait chevalier de l'Ordre des arts et des lettres de France.
1984	Le 12 octobre, création de la pièce *Albertine en cinq temps* au Centre national des arts d'Ottawa dans une mise en scène d'André Brassard.
	Publication de *Des nouvelles d'Édouard*, quatrième volet des « Chroniques du Plateau Mont-Royal », prix Québec-Paris (février 1985).
1986	En janvier, prix Chalmers (à Toronto) pour *Albertine en cinq temps*.
	Michel Tremblay est membre du jury du Festival des films du monde de Montréal.
1987	Début avril, création de la pièce *Le vrai monde ?* au Centre national des arts d'Ottawa, dans une mise en scène d'André Brassard. La pièce est reprise au Théâtre du Rideau Vert, quelques semaines plus tard.
	En septembre, la revue française *Lire*, que dirige Bernard Pivot, propose à ses lecteurs une « bibliothèque idéale du théâtre ». Tremblay y figure avec ses *Belles-sœurs* (47e place).

Le 25 novembre, présentation du *Cœur découvert* à la télévision de Radio-Canada. Sous-titré *Roman d'amours*, le roman est publié en même temps.

1988   Le 13 septembre, Michel Tremblay reçoit le prix Athanase-David, plus haute distinction du Gouvernement du Québec, pour l'ensemble de son œuvre.

1989   Publication du *Premier quartier de la lune*, cinquième et dernier volet des « Chroniques du Plateau Mont-Royal », qui reçoit le Grand Prix du Livre de Montréal et le Prix du Salon du livre de Montréal en 1990.

1990   Fin février, création, au Grand Théâtre de Québec, de l'opéra *Nelligan* dont il a écrit le livret, musique d'André Gagnon, mise en scène d'André Brassard.
Publication de *Les vues animées*, récits autobiographiques suivis de *Les loups se mangent entre eux*.

1991   Doctorat honorifique des Universités Concordia et McGill de Montréal. Prix Jacques-Cartier pour l'ensemble de son œuvre.

1992   Doctorat honorifique de l'Université Stirling d'Écosse. Publication de *Marcel poursuivi par les chiens*, créé le 4 juin à Montréal au Théâtre du Nouveau Monde. Publication de *Douze coups de théâtre*, deuxième recueil de récits autobiographiques.
Lauréat du concours La petite bibliothèque du parfait Montréalais avec *Les belles-sœurs* ; prix « Mon Montréal à moi » avec *La grosse femme d'à côté est enceinte*.

1993	Reçoit le Banff National Center Award pour l'ensemble de son œuvre.
1994	Grand Prix du Salon du Livre de Montréal et Prix Louis-Hémon pour *Un ange cornu avec des ailes de tôle*. Prix Molson du Conseil des arts du Canada et Médaille d'argent décernée par le Mouvement national des Québécois pour l'ensemble de son œuvre.
1995	Grand prix des lectrices *Elle-Québec* pour *Un ange cornu avec des ailes de tôle*.

Aurélien Boivin

Bibliographie

Romans et contes

Contes pour buveurs attardés, Montréal, Éditions du Jour, 1966, 158 p., collection «les Romanciers du Jour», n° R-18. Montréal, les Éditions du Jour inc., 1979, 158[1] p., collection «le Petit Jour», n° 84.

Montréal, Stanké, 1985, 169 p., collection «10/10», n° 75.

Stories for Late Drinkers, trad. par Michael Bullock, Vancouver, Intermedia, 1977, 123 p.

La cité dans l'œuf. Roman, Montréal, Éditions du Jour, 1969, 182 p., collection «les Romanciers du Jour», n° R-38.

Montréal-Paris, Stanké, 1985, 191 p., collection «Roman 10/10» n° 4.

Montréal, la Littérature de l'oreille, 1987, 31 p. [Avec une cassette de 60 minutes sur laquelle on trouve les contes suivants lus par Vincent Davy: «Le pendu», «Circé», «Amenachem», «La dent d'Irgak» et «Le diable et le champignon».]

C't'à ton tour, Laura Cadieux. Roman, Montréal, Éditions du Jour, 1973, 131[3] p., collection «les Romanciers du Jour», n° R-94.

Montréal, Stanké, 1985, 147[1] p., collection «Roman 10/10», n° 73.

La grosse femme d'à côté est enceinte, Montréal, Leméac, 1978, 329 p., collection «Roman québécois», n° 28. [En tête de titre: «Chroniques du Plateau Mont-Royal»/1].

Paris, Robert Laffont, 1979, 329 p.

The Fat Woman Next Door Is Pregnant, trad. par Sheila Fischman, Vancouver, Talonbooks, 1981, 252 p.

Thérèse et Pierrette à l'école des Saints-Anges, Montréal, Leméac, 1980, 387[1]p., coll. «Roman québécois», n° 42. [En tête de titre: «Chroniques du Plateau Mont-Royal»/2].

Thérèse and Pierrette and the Little Hanging Angel. A Novel, trad. par Sheila Fischman, Toronto, McClelland and Stewart, 1984, 262 p.

Paris, Grasset, 1980, 368 p.

La duchesse et le roturier, Montréal, Leméac, 1982, 390 p., coll. «Roman québécois», n° 60. [En tête de titre: «Chroniques du Plateau Mont-Royal»/3].

Paris, Grasset, 1984, 386 p.

Des nouvelles d'Édouard, Montréal, Leméac, 1984, 312 p., coll. «Roman québécois», n° 81. [En tête de titre: «Chroniques du Plateau Mont-Royal»/4]

Le cœur découvert. Roman d'amours, Montréal, Leméac, 1986, 318 p., coll. «Roman québécois», n° 105.

Le premier quartier de la lune, Montréal, Leméac, 1989, 283 p., coll. «Roman Leméac». [En tête de titre: «Chroniques du Plateau Mont-Royal»/5].

Les vues animées, Montréal, Leméac, 1990, 192 p., coll. «Roman Leméac».

Douze coups de théâtre, Montréal, Leméac, 1992, 265 p., coll. «Roman Leméac».

Le cœur éclaté, Montréal, Leméac, 1993, 311 p.

Un ange cornu avec des ailes de tôle, Montréal, Leméac/ Actes Sud, 1994, 256 p.

La nuit des princes charmants, Montréal, Leméac/Actes Sud, 1995, 224 p.

Quarante-quatre minutes quarante-quatre secondes, Montréal/Arles, Leméac/Actes Sud, 1997, 358 p.

Disponibles dans «Bibliothèque québécoise»:

— *Contes pour buveurs attardés*
— *La duchesse et le roturier*
— *Des nouvelles d'Édouard*
— *Le premier quartier de la lune*

Théâtre

Les belles-sœurs, Montréal, Holt, Rinehart et Winston, 1968, 71 p., coll. «Théâtre vivant», n° 6;

présentation d'Alain Pontaut, Montréal, Leméac, 1972, VII, 156 p., coll. «Théâtre canadien», n° 26.

Trad. par John Van Burek & Bill Glassco, Vancouver, Talonbooks, 1974, 114 p.

En pièces détachées suivie de *La duchesse de Langeais*, présentation de Jean-Claude Germain, Montréal, Leméac, 1970, 94 p. [v. p. [11]-63], coll. «Répertoire québécois», n° 3.

Montréal, Leméac, 1972, 92 p., coll. «Répertoire québécois», n° 22. [Version pour la télévision].

édition scolaire préparée et annotée par Lucie Desaulniers, Montréal, Leméac, 1972, 92 p., coll. «Français langue seconde», n° 4.

Montréal, Leméac, 1982, 92 p., coll. «Théâtre», n° 116.

Trad. par Allan Van Meer, Vancouver, Talonbooks, 1975, 110 p.

La duchesse de Langeais, précédé de *En pièces détachées*, Montréal, Leméac, 1970, 94 p. [v. p. 65-94], coll. «Répertoire québécois», n° 3.

précédé de *Hosanna*, Montréal, Leméac, 1973, 106 p. [v. p. 77-106], coll. «Répertoire québécois», n°s 32-33.

La Duchesse de Langeais and Other Plays, trad. par John Van Burek, Vancouver, Talonbooks, 1976, 125 p. [v. p. 7-30].

À toi pour toujours, ta Marie-Lou, présentation de Michel Bélair, Montréal, Leméac, 1971, 94 p., coll. «Théâtre canadien», n° 21.

Forever Yours Marie-Lou, trad. par John Van Burek et Bill Glassco, Vancouver, Talonbooks, 1975, 86 p.

Trois petits tours... Triptyque composé de «Berthe», «Johnny Mangano and his Astonishing Dogs», et «Gloria Star», Montréal, Leméac, 1971, 64 p., coll. «Répertoire québécois», n° 8.

Montréal, Leméac, 1986, 87 p., coll. «Théâtre», n° 151.

Demain matin, Montréal m'attend, Montréal, Leméac. 1972, 90 p., coll. «Répertoire québécois», n° 17.

Hosanna suivi de *La duchesse de Langeais*, Montréal, Leméac, 1973, 106 p. [v. p. [7]-75], coll. «Répertoire québécois», n°s 32-33.

Montréal, Leméac, 1984, 106 p., coll. «Théâtre», n° 137. Trad., par John Van Burek et Bill Glassco, Vancouver, Talonbooks, 1974, 102 p.

Bonjour, là, bonjour; Montréal, Leméac, 1974, 111 p., coll. «Théâtre canadien», n° 41.

Trad. par John Van Burek et Bill Glassco, Vancouver, Talonbooks, 1975, 93 p.

Les héros de mon enfance, précédé d'un avertissement de l'auteur, Montréal, Leméac, 1976, 108 p., coll. «Théâtre», n° 54.

Sainte-Carmen de la Main, présentation de Yves Dubé, Montréal, Leméac, 1976, 88 p., coll. «Théâtre», n° 57.

Sainte-Carmen of the Main, trad. par John Van Burek, Vancouver, Talonbooks, 1981, 77 p.

Damnée Manon, sacrée Sandra, suivi de *Surprise! Surprise!*, présentation de Pierre Filion, Montréal, Leméac, 1977, 125 p. [v. p. 25-66], coll. «Théâtre», n° 62.

Trad. par John Van Burek, Vancouver, Talonbooks, 1981, 43 p.

Surprise! Surprise!, précédé de *Damnée Manon, sacrée Sandra*, présentation de Pierre Filion, Montréal,

Leméac, 1977, 125 p. [v. p. 67-115], coll. «Théâtre», n° 62.

dans *La Duchesse de Langeais and Other Plays*, trad. par John Van Burek, Vancouver, Talonbooks, 1976, 125 p. [v. p. 67-115].

L'impromptu d'Outremont, présentation de Laurent Mailhot, Montréal, Leméac, 1980, 122 p., coll. «Théâtre», n° 86.

The Impromptu of Outremont, trad. par John Van Burek, Vancouver, Talonbooks, 1981, 86 p.

Les anciennes odeurs, présentation de Guy Ménard, Montréal, Leméac, 1981, 103 p., coll. «Théâtre», n° 106.

Remember Me, trad. par John Stowe, Vancouver, Talonbooks, 1984, 58 p.

Albertine en cinq temps, Montréal, Leméac, 1984, 103 p., coll. «Théâtre», n° 135.

Albertine in Five Times, trad. par John Van Burek et Bill Glassco, Vancouver, Talonbooks, 1986, 76 p.

Le vrai monde?, Montréal, Leméac, 1987, 106 p., coll. «Théâtre», n° 161.

Nelligan, Montréal, Leméac, 1990, 96 p., coll. «Théâtre», n° 161.

La maison suspendue, Montréal, Leméac, 1990, 128 p., coll. «Théâtre».

Le train, Montréal, Leméac, 1990, 54 p., coll. «Théâtre», n° 187.

Théâtre I, Montréal/Arles, Leméac/Actes Sud-Papiers, 1991, 442 p.

Marcel poursuivi par les chiens, Montréal, Leméac, 1992, 72 p., coll. «Théâtre», n° 195.

En circuit fermé, Montréal, Leméac, 1994, coll. «Théâtre», 128 p.

Messe solennelle pour une pleine lune d'été, Montréal, Leméac, 1996, coll. «Théâtre», 128 p.

Traductions et adaptations

Lysistrata, d'après Aristophane. Adaptation d'André Brassard et de Michel Tremblay, texte de Michel Tremblay, Montréal, Leméac, 1969, 93 p., coll. «Répertoire québécois», n° 2.

L'effet des rayons gamma sur les vieux-garçons, d'après l'œuvre de Paul Zindel, Montréal, Leméac, 1979, 70[1] p., coll. «Traduction et adaptation», n° 1.

«...Et Mademoiselle Roberge boit un peu...». Pièce en trois actes de Paul Zindel adaptée par Michel Tremblay, Montréal, Leméac, 1971], 95[1] p., coll. «Traduction et adaptation», n° 3.

Mademoiselle Marguerite (de Roberto Athayde), traduction et adaptation de Michel Tremblay, Montréal, Leméac, 1975, 96[1] p., coll. «Traduction et adaptation», n° 6.

Oncle Vania (d'Anton Tchekhov), adaptation de Michel Tremblay avec la collaboration de Kim Yaroshevskaya, Montréal, Leméac, 1983, 125 p., coll. «Traduction et adaptation», n° 10.

Le gars de Québec. D'après *Le Revizor* de Gogol, Montréal, Leméac, 1985, 173 p., coll. «Traduction et adaptation», n° 11.

Six heures au plus tard (de Marc Perrier), adaptation de Michel Tremblay, Montréal, Leméac, 1986, 128 p.

Premières de classe (de Casey Kurtti), traduction et adaptation de Michel Tremblay, Montréal, Leméac, 1993, 99 p.

Films

Françoise Durocher, waitress, Office National du Film, 1972, 29 min. Scénario : Michel Tremblay ; réalisation : André Brassard.

Il était une fois dans l'Est, Ciné/An, Montréal, 100 min., scénario : André Brassard et Michel Tremblay ; dialogues : Michel Tremblay ; réalisation : André Brassard.

Parlez-nous d'amour, Films 16, Montréal, 1976, 122 min., scénario : Michel Tremblay ; réalisation : Jean-Claude Lord.

Le soleil se lève en retard, Films 16, Montréal, 1977, 111 min., scénario : Michel Tremblay ; réalisation : André Brassard.

Études

BARRETTE, Jean-Marc, *L'univers de Michel Tremblay*, Montréal, PUM, 1996, 544p.

BÉLAIR, Michel, *Michel Tremblay*, Montréal, PUQ, 1972, 95 p. (Collection « Studio »).

BIBLIOTHÈQUE DU SÉMINAIRE DE SHERBROOKE, *Michel Tremblay. Dossier de presse*, Sherbrooke, Séminaire de Sherbrooke, 2 vol. : t. I, *1966-1981*, 1981, 226 p. ; t. II : *1974-1987*, 1988, 174 p.

DAVID, Gilbert et Pierre LAVOIE (dir.), *Le monde de Michel Tremblay*, Montréal/Carnières, Cahiers de théâtre Jeu/Éditions Lansman, 1993, 479 p.

Dictionnaire des œuvres littéraires du Québec, sous la direction de Maurice Lemire, Montréal, Fides, t. IV : *1960-1969*, 1984, et t. V : *1970-1975*, 1987.

GODIN, Jean-Cléo et Laurent MAILHOT, *Théâtre québécois I. Introduction à dix dramaturges contemporains*. Nouvelle édition, présentation d'Alonzo LeBlanc, Montréal, «Bibliothèque québécoise», 1988, 366[1] p. [V. «*Les belles-sœurs* ou l'enfer des femmes», p. 273-290].

——, *Théâtre québécois II. Nouveaux auteurs, autres spectacles*. Nouvelle édition, présentation d'Alonzo LeBlanc, Montréal, «Bibliothèque québécoise», [1988], 366[1] p. [V. «Tremblay : marginaux en chœur», p. 243-279].

JOSSELIN, Jean-François, «Une mélancolie si gaie», dans *Le Nouvel Observateur*, 7 septembre 1995.

Nord, n° l, automne, 1971, p. 3-84.

PAGNARD, Rose-Marie, «Comment un garçon fou de livres est devenu écrivain», dans *Le Nouveau Quotidien*, 21 octobre 1994.

Québec français, n° 44, décembre 1981, p. 37-44.

Voix et Images, vol. VII, n° 2, hiver 1982, p. [213]-326. [Excellente bibliographie de Pierre Lavoie, p. 227-306].

Aurélien Boivin

Table

Parus dans la
Bibliothèque québécoise

Jean-Pierre April
Chocs baroques

Hubert Aquin
Journal 1948-1971
L'antiphonaire
Trou de mémoire
Mélanges littéraires I. Profession : écrivain
Mélanges littéraires II. Comprendre dangereusement
Point de fuite
Prochain épisode

Bernard Assiniwi
Faites votre vin vous-même

Philippe Aubert de Gaspé fils
L'influence d'un livre

Philippe Aubert de Gaspé
Les anciens Canadiens

Noël Audet
Quand la voile faseille

Honoré Beaugrand
La chasse-galerie

Arsène Bessette
Le débutant

Jacques Cotnam
Poètes du Québec

Maurice Cusson
Délinquants pourquoi?

Léo-Paul Desrosiers
Les engagés du Grand Portage

Pierre DesRuisseaux
Dictionnaire des expressions québécoises

Georges Dor
Poèmes et chansons d'amour et d'autre chose

Fernand Dumont
Le lieu de l'homme

Robert Élie
La fin des songes

Jacques Ferron
La charrette

Contes

Madeleine Ferron
Cœur de sucre
Le chemin des Dames

Jacques Folch-Ribas
Une aurore boréale
La chair de pierre

Jules Fournier
Mon encrier

Guy Frégault
La civilisation de la Nouvelle-France 1713-1744

Sonnez les matines

Michel Lord
Anthologie de la science-fiction québécoise contemporaine

Hugh McLennan
Deux solitudes

Marshall McLuhan
Pour comprendre les médias

Antonine Maillet
Pélagie-la-Charrette
La Sagouine
Les Cordes-de-bois

André Major
L'hiver au cœur

Gilles Marcotte
Une littérature qui se fait

Guylaine Massoutre
Itinéraires d'Hubert Aquin

Émile Nelligan
Poésies complètes
Nouvelle édition refondue et révisée

Francine Noël
Maryse

Fernand Ouellet
Les actes retrouvés

Madeleine Ouellette-Michalska
La maison Trestler ou le 8ᵉ jour d'Amérique

Moi, Pierre Huneau
Le vendeur d'étoiles

Michel Tremblay

Contes pour buveurs attardés
Des nouvelles d'Édouard
La duchesse et le roturier
Le premier quartier de la lune

Pierre Turgeon

Faire sa mort comme faire l'amour
La première personne
Un, deux, trois

Pierre Vadeboncoeur

La ligne du risque

Achevé d'imprimer en juin 1997 chez

VEILLEUX
IMPRESSION À DEMANDE INC.

à Boucherville, Québec